講談社文庫

# 損料屋見《けん》鬼《き》控え　3

三國青葉

JN041504

講談社

目次

# 損料屋見鬼《けんき》控え　3

# 第一話　地唐紙

## 1

神無月《かんなづき》の最初の亥《い》の日を江戸庶民は『御亥《おこ》の子』といい、初めて火鉢や炬燵《こたつ》を出す日であった。どんなに寒かろうとこの日まで待つ。

江戸っ子のやせ我慢というやつだ。貧乏人も金持ちも、皆、こういうしきたりはしっかり守るのが常である。

ちなみに最も暖かいのは囲炉裏《いろり》だが、江戸のせまい長屋で囲炉裏を切ったりなぞしたら、家が燃え放題になってしまう。炬燵や火鉢で辛抱するしかない。どうしても寒いときは、着ぶくれしてしのいだ。

今年の初亥の日は十日であり、両国橘町《りょうごくたちばなちょう》にある損料屋《そんりょう》巴屋《ともえや》では、例年のごとく火鉢や炬燵を客に貸し出した。家の者だけでやっている小店《こだな》なので奉公人はいない。主の平助《へいすけ》と十七になる跡取り息子の又十郎《またじゅうろう》が、大八車に火鉢や炬燵を積んで、いちいち客の住まいへ届けるのである。商売繁盛で結構なことだが、ふたりとも歩き回ったせいで、『御亥の子』を迎えるころにはへとへとになっていた。

平助が朝餉《あさげ》のあと、寝なおすと言って二階へ上がって行った。自分もごろごろしたいと又十郎は思ったが、丁稚《でっち》扱いの身ではそんなことが許されるはずもない。

しかたなく店番をしていると、さっそく三十半ばくらいの女子がやって来た。

「日本橋室町《にほんばしむろまち》一丁目の藤屋《ふじや》と申します。膳《ぜん》と器を十人分お借りしたいと思いまして。ゆうべ女将《おかみ》さんが急に亡くなって弔《とむら》いを出すんです。昼までに店のほうへ届けていただけますでしょうか」

ていねいな物言いと礼儀正しい言葉遣い、それに年恰好《かっこう》からおしはかると、女中頭《がしら》かもしれない。

「はい。承知いたしました。膳と器を出してまいりますので、お好みの物をお選びください」

二階への階段を上がりながら、又十郎は心の中で「かんべんしてくれよ」とつぶやいた。死にたてのほやほやならば、きっと霊はまだ家にいる。

藤屋へ行きたくない……、だが、平助に代わってもらうわけにはいかなかった。つまり又十郎しか届ける者はいないのだ。

霊の気配を感じる子どもだった又十郎は、長屋の幽霊騒ぎがきっかけで、家に憑《つ》いている幽霊が見えるようになってしまった。又十郎と、物に宿った人の思いが聞こえる妹天音《あまね》のはたらきで、幸いにも幽霊は成仏《じょうぶつ》した。

そのことが読売《よみうり》に書かれたので、『損料屋の見える兄と聞こえる妹』として少し有名になり、霊を成仏させてくれと頼まれることもあるのだ。

幽霊は心残りがあって家に憑いている。だからそれを晴らしてやれば成仏するが、実際にはなかなか難しい。又十郎はただ見えるだけで、幽霊と話ができたりはしないからだ。

それに幽霊は怖い。何度遭遇しても慣れることはなかった。情けないことだとは思うが、これぱっかりはどうしようもない。

怖いのなら幽霊騒ぎなんぞに首を突っ込まなきゃいいじゃねえかって話だが、そうすっぱりと割り切れるものではない。思い残しがあってあの世へ行けない幽霊のことを、とても気の毒だと又十郎は思うのだ。

成仏させてやりたい。それが霊が見える者のつとめだと考えるから。おそらく天音も同じ気持ちなのだろう。

十になる天音は、妹といっても血がつながってはいない。親きょうだいを落雷で失い、自分ひとりが生き残り、この春巴屋に引き取られたのだ。

きょうだいがいない又十郎は年の離れた妹ができてたいそううれしかったが、天音はなかなか懐《なつ》いてくれなかった。それが最近ようやく「あんちゃん」と呼んでもらえるようになり、有頂天な又十郎なのである。

藤屋から来た女子は、又十郎が並べた品から膳と器を選んで帰って行った。これと同じものを十人分そろえて運ばなければならない。

又十郎は店番を母のお勝《かつ》に代わってもらった。店へ広げた品を二階へ戻し、客が選んだ膳と器を出す。

隣の部屋をそっとのぞくと、平助が夜具にくるまっていびきをかいていた。ああ、これはやっぱり、おとっつぁんに代わってもらうのは無理だ。又十郎は深いため息をついた。

膳と器をそれぞれ箱に入れ、さらに風呂敷で包む。それらを大八車にのせて、又十郎は藤屋へと向かった。

巴屋を出たとたん冷たい風に首もとをひゅるりとなでられ、又十郎は思わず身をぶるっとふるわせた。帰りに甘酒でも飲むか。

いや、蕎麦《そば》のほうがいい。あんかけ蕎麦を食おう。ほんとうは蕎麦と一緒に熱燗《あつかん》をひっかければ体がいっぺんにあたたまるのだろうが、又十郎はあまり酒が強くない。粗相《そそう》をするのも怖いし、そもそも酒に酔い、赤い顔で商《あきな》いをするのは店の品位にかかわるだろう。小店にもそれなりの矜持《きょうじ》があるのだ。

今日はなかなかに風が強い。しかし日差しがあるからまだましだ。これからどんどん寒くなっていくのだと思うと、またため息が出そうになる。

日本橋に店を構える藤屋が、わざわざ両国の巴屋の品を借りに来たのは、それなりの理由によるものだと思われた。たとえば、あまり店の内情を知られたくないというのもあるだろう。

また、近所に損料屋が二軒あった場合、どちらを使っても、使わなかったほうは不満に思う。その点巴屋を使えば、どちらの店にも角は立たない。巴屋とは先代のころから縁がありまして、とかなんとか適当に言っておけばよいのだ。

とにかく、ほんの小さなことでもめごとやわずらわしいことの種はないほうがよい。商いとはそういうものなのだと又十郎は日ごろから考えている。

藤屋は地唐紙《じからかみ》問屋だ。唐紙はふすまに張る和紙で、いろいろな装飾がほどこされている。

唐紙は文字通り最初は唐から入ってきた。『地唐紙』というのは、江戸の地元でできる唐紙という意味だ。

家康《いえやす》が作った江戸の町には多くの人々が暮らすようになったので、住まいのふすまに張る唐紙の需要も増した。そのため、京の都から唐紙師が移り住み、それを担ったのである。

時がたつにつれ、木版手刷りで和紙に版木の模様を写し取る唐紙師に、更紗《さらさ》師、砂《すな》子《ご》師が加わるようになった。

更紗師は、版木の代わりに伊勢型紙を用いる。何枚もの型紙を使って多色刷りができるのが強みだ。

また、江戸の町は火事が頻発《ひんぱつ》し、版木が焼失してしまうことも多かった。その点型紙は持ち出しやすく、井戸に沈めたり土に埋めたりすれば焼けずにすむ。

金箔銀箔を平押ししたり、砂子をまくのが砂子師である。たとえば『砂子振り』は、粉にして竹筒に入れた金箔や銀箔を散らす技である。他には『野毛《のげ》』、『切箔《きりはく》』などという手法もあった。

地唐紙の文様《もんよう》の種類は、数千から万余あると言われている。藤屋はそんな地唐紙を扱う店なのであった。

巴屋のふすまなどはありふれた物だが、神社仏閣、大名や旗本の屋敷、大店などは、格式があって贅《ぜい》を尽くした地唐紙を使っているに違いない。

藤屋は損料屋で膳や器を借りたぐらいだから、たいそうな大店ということはないだろう。また、十人分だったことから、足りない分だけ借りるのだと思われ、おそらく中くらいの店なのではと考えられた。

藍《あい》色に白で藤紋（丸に下り藤）を染め抜いた藤屋ののれんが見えたとたん、おなじみの嫌な気持ちがわき起こった。やっぱりいる。ゆうべ亡くなったばかりだし、急死って言ってたもんな。

心残りがあるにきまってる。幽霊がいるのは当たり前だ。又十郎は気を落ち着かせようと、深く息を吸い、そして吐いた。

又十郎が店の裏に回ると、台所の入り口から黒い霧が這《は》い出ていた。そこに幽霊がいる証《あかし》だ。

帰りたくなった又十郎だが、それは絶対に許されない。意を決して入り口から中に向かって声をかけた。

「ごめんください。巴屋でございます。ご依頼の品をお持ちいたしました」

とたんに霧が晴れた。台所では女子が四人、忙しそうに立ち働いている。通夜でふるまう煮しめを作るのか、出汁《だし》の良いにおいがあたりにただよっていて、又十郎の腹の虫が騒ぎ出した。

「ありがとうございます。こちらへお願いします」

今朝《けさ》巴屋へ来た女中頭らしき女子が部屋への上り口の隅を指し示す。

「承知いたしました」

又十郎は軽く頭を下げた。膳が入った風呂敷包みを大八車から抱え上げる。

荷物を上り口におろした又十郎は、何気なく奥を見た。どうやら奉公人たちが飯を食うところのようだ。

「ひっ」と思わず声が出てしまった。壁際に女子が正座している。

年のころは五十過ぎ。紫苑《しおん》色の地色に銀鼠《ぎんねず》色の亀甲《きっこう》模様の小袖を身にまとっている。顔立ちは整っているが、気の強そうな印象を受ける。

弔いの準備で忙しいのにこんなところに座っているのはおかしい。幽霊にきまっている。

がくがくする足を踏みしめ、又十郎は器の入った風呂敷包みを運んだ。女中頭が眉《まゆ》をひそめる。

「巴屋さん、顔が真っ青ですよ。気分が悪いの？」

「あ、いえ、大丈夫です」

「休んでいってくだすってもかまいませんよ」

「ありがとうございます、でも、ほんとうになんでもありませんから。……あのう、亡くなられた女将さんはおいくつだったんでしょう」

「五十三です。お医者さんはおそらく心《しん》の臓の発作だとおっしゃってました。とてもお元気だったのでまだ信じられなくて……」

やはりこの幽霊はここの女将さんで間違いない。自分の葬式がとどこおりなく終わるのを見届けるつもりなのか。

膳と器は初七日の法事が終わるまで貸し出すことになっているので、今度ここへ取りに来るときには、幽霊はきっと成仏していなくなっているだろう。又十郎は、心の中でそっと手を合わせた。

## 2

六日ののち、貸した品を受け取りに藤屋を再び訪れた又十郎はため息をついた。勝手口から嫌な気配が押し寄せてくる。

まだ幽霊がいるのだ。急に亡くなったせいでこの世に未練があるだけならよいが、なにかもっと強い思い残しがあるのではないか……。

もしそうならば、それを晴らさねば幽霊は成仏できず、藤屋にずっととり憑いたままになってしまう。幽霊も藤屋も気の毒だ。

ただ、又十郎にしか見えていないのである。幽霊は怖いし、このまま口をつぐんでいれば楽でいい。

でも……。又十郎の頭に天音の顔が浮かんだ。兄貴として、天音に顔向けができないようなことはしちゃならねえよな。

幽霊をきちんと成仏させてやるのが、『見える』者のつとめだろう。たとえそれが骨の折れることでも……。

腹をくった又十郎は勝手口から声をかけ、中に入った。思ったとおり、幽霊は以前と同じ場所で正座をしている。

「巴屋さん、このたびはお世話になりました。おかげさまでお葬式も初七日も、無事にすませることができました。ありがとうございます」

女中頭が頭を下げる。

「滅相《めっそう》もございません。私どもの品をお使いいただきありがとうございました。……申し訳ありませんが、こちらの旦那様にお会いしたいのです」

「そうですか。では、どうぞおあがりください。ご案内いたします」

「あ、いいえ。ここでお会いしたいのです。仔細《しさい》はのちほど申し上げますので、どうぞよろしくお願いいたします」

「承知いたしました。少々お待ちくださいませ」

ほどなく主がやって来た。五十半ばくらいの大柄な恰幅《かっぷく》の良い男で、端正な顔立ちをしている。

主は儀兵衛《ぎへえ》と名乗った。あいさつを交わしたあと、又十郎は台所の壁を指差した。

「ここに幽霊がいます」

「ええっ！」

儀兵衛がひざをついた。女中たちがいっせいに悲鳴を上げる。

又十郎は、描いておいた絵姿を儀兵衛に見せた。

「……お関《せき》！」

「お召しになっている小袖は、紫苑色の地色に銀鼠色の亀甲模様です。亡くなられた女将さんでしょうか」

「間違いありません。その着物は好きでよく着ていました。ああ、お関……」

儀兵衛がはらはらと涙をこぼす。

「実は、私が先日こちらをお訪ねしたときには、女将さんはもうここにいらしたのです。なにか思い残したことがあって、とり憑いているのだと思います。ですから、その心残りを晴らして成仏させてあげたほうが良いのではないでしょうか。私は見えるだけで幽霊と話すことはできませんし、幽霊もこちらが見えていないようなんですが、微力ながら、お手伝いをさせていただきたいと存じます」

儀兵衛が黙したまま、うつむいてなにやら考え込んでいる。きっと混乱しているのだろう。

女房が幽霊になって家に憑いていると知らされたばかりなのだ。無理もない……。

やがて儀兵衛は顔を上げた。思いつめた表情をしている。

「お関の心残りを晴らしてやりたいのはやまやまですが、それはおそらくかなわぬことなのです」

思いがけない儀兵衛の言葉に、又十郎は驚いた。

「お関は急に亡くなってしまいましたから、思い残しはたくさんあるでしょう。でも、きっと一番の心残りは、この藤屋のことです。自分が死んだのちも、ちゃんと商いがうまくいくのかと」

「なるほど……」

母のお勝もたぶんそうだろう。巴屋は、お勝のおかげで商売が成り立っているところが大きい。ひょっとして、藤屋も同じなのだろうか。

「幸いなことに、藤屋は堅い商いをさせていただいております。もちろん大店のようなわけにはまいりませんが、店の持ち味をうまく生かすことができていると思います。それはお関がいなくても、変わらず続いていくことでしょう。このことはお関も承知しているはずです。ただ……」

儀兵衛は咳払いをした。

「生前お関は、跡取りの嫁を女将として仕込むことに力を注いでおりました。ですから思い残しというのはそのことかと。嫁もずいぶんがんばっていたものの、なかなかお関の御眼鏡《おめがね》にはかなわずでして。うーん、まあ、世の姑《しゅうとめ》の習いで、満足することはおそらく一生ないのではと私は思っていたくらいなんですよ。ですから、たとえ幽霊になっても、いや、幽霊になったからこそお関の思いはかたくなで、いくら嫁が努力しても成仏することはないのではと。ならばいっそのこと、お関の思い残しを晴らすのは、はなからやめにいたします。お関が不憫《ふびん》ではありますが、生きている者たちのほうが私にとっては大切なのです」

又十郎は心底驚いた。儀兵衛が幽霊をこのままにしておくと言ったからだ。

そりゃあ思い残しを晴らせなかったら、幽霊は成仏できねえからしょうがねえ……。俺は今まで、幽霊がこんなとこにいちゃかわいそうだって、あの世へきちんと行かせてやらなけりゃって思ってやってきた。

儀兵衛さんみたいな考え方もあるんだな。生きてる者たちのほうが大事っていうのはよくわかる。そうだ。そうだよな。

なにも幽霊のことを一番に考える必要はないんだ。俺は幽霊が見えるから、つい、幽霊の肩を持つっていうか、味方につくみたいに動いちまうけど。

幽霊の扱いは、家によって違うのが普通だ。ああ、俺、藤屋の内情も知らないくせに、女将さんの幽霊が台所にいるって知らせちまったのはまずかった。

幽霊が成仏できっこなくてそのままにしておくしかないのに。それなら幽霊がいることを知らねえほうが幸せなのに。

もっと気をつけなきゃいけなかったんだ。又十郎は深々と頭を下げた。

「藤屋さんのご事情も存じ上げませんのに、いらぬことをいたしました。申し訳ございません」

いくらあやまってもなんにもならないのはわかっていたが、詫《わ》びを言わずにはいられなかったのだ。

「いや、いいんですよ、巴屋さん。どうぞ頭を上げてください。たとえ幽霊でも、私はお関が側《そば》にいてくれるのはとてもうれしいんです。なにせ急に亡くなってしまいましたからね」

儀兵衛が声をつまらせる。

「この壁の前に祭壇をしつらえて、お関の好物を供えようと思います。藤屋を見守ってくれている幽霊なんだから。巴屋さんが教えてくださってよかった。ありがとうございます」

その日の夜、又十郎は店の裏の長屋にある佐吉《さきち》の家を訪れた。

佐吉は非常な美男で、以前はかなりの遊び人だった。しかし春の幽霊騒ぎのおかげで改心し、今は背負《しょ》い小間物《こまもの》屋として真面目に働いている。

又十郎には兄貴分のような存在だった。

「おう。ちょうどよかった。これからちょっと飲もうかと思って燗をつけてたとこだ。……お前がさげてるその鍋にはなにが入ってるんだ?」

「ねぎまです。佐吉さんのとこへ行くって言ったら、おっかさんが作ってくれました」

「こいつぁありがてえや」

ねぎまというのはマグロとネギを醤油《しょうゆ》味で煮た鍋料理である。マグロはいわゆる下《げ》魚《ざかな》で、トロの部分は脂《あぶら》が多くて腐りやすかったため、以前は食べることなく捨てられていた。

しかし、赤身の部分は高値でなかなか庶民の口には入らない。そこでなんとか脂身をおいしく食べようと工夫したのがねぎまというわけだった。

鍋の底にネギを食べやすい大きさに切って並べ、その上へさいの目に切ったマグロの脂身をくわえ、出汁と醤油、酒、砂糖を加えて煮る。山椒《さんしょう》をふってもいいし、おろし生姜《しょうが》で食べてもおいしい。

「よし、燗もついたし、鍋をかわりに火鉢にかけてくれ」

「できたて熱々を持って来たんで、ちょっとあっためれば食べられますよ」

すぐに鍋はくつくつとわき出した。

「いいにおいだ。たまんねえや」

佐吉が椀《わん》にとったマグロとネギをほおばる。

「うめえ！　お勝さんは料理上手だな」

ひとしきり飲みかつ食べた佐吉がけげんそうな表情を浮かべる。

「又十郎、どうした。さっきからあんまり食ってねえじゃねえか。ひょっとして腹でも痛いのか」

痛いのは胸だと思いながら、又十郎はかぶりをふった。

「なにかあったのか。聞いてやるから話してみな。どうせそのつもりでここへ来たんだろ」

佐吉にうながされて、又十郎は重い口を開き、今日の藤屋での出来事をぽつりと語った。

「藤屋さんの、『生きている者たちのほうが私にとっては大切なのです』って言葉が、ずんと胸にこたえて……。俺は肝心《かんじん》なことがわかってなかった。幽霊が見えるからって、幽霊騒ぎをいくつか解決したからって、いい気になってたんだ。俺が必ず成仏させてやるって思い上がったりして、馬鹿だった」

又十郎はうつむいた。

くつくつとねぎまが煮える音だけがする……。

「へえ、そんなことがあったのかい。俺もちょっとびっくりしたぜ。幽霊を家に憑いたまにしておくなんて。それぞれのお家の事情ってことか。これからは気をつけねえといけねえな……」

佐吉が酒をぐいっと干した。

「まあ、お前が言うように、いい気になってたとこもあったのかもしれねえ。でも、この半年の間、幽霊が怖いのを我慢して、一生懸命親身になってやってきたじゃねえか。お前は若いし、まだ始めたばっかりだし、だれだってしくじることはあらあな。これから気をつけりゃいい。それに藤屋は許してくれたんだろ？　たとえ幽霊でも女房が側にいてくれるのがうれしいって言ったのは本音だと思うぜ。急に死なれちまったんだから。あんまり自分を責めるなよ」

佐吉の言葉が胸にじわりとしみた。又十郎の目から涙がぽとぽととこぼれ落ちる。

佐吉がくしゃりと笑った。

「わかった、わかった。もう泣くな。つきあってやるから、今日はとことん飲め。あ、お前、きたねえなあ。ねぎまに鼻水たらすんじゃねえぞ」

又十郎は泣き笑いの表情で酒を口にふくみ、ゆっくりと飲み下した。のどから胃の腑《ふ》がかっと焼ける。

今日はそれが妙に心地よく感じられる。不思議だった。

「日本橋の界隈《かいわい》へも商いに行くから、藤屋のうわさは俺も小耳にはさんだことがある。亡くなった女将ってえのは、なかなかきつい女だったらしいぜ。女だてらに主の儀兵衛と一緒に店に出て、商いにもいちいち口を出してるって聞いたな。あと、ひとり息子の嫁にはかなり厳しくしてたようだ。あれじゃ嫁さんがかわいそうだって、皆、同情してたっけ……」

3

又十郎が藤屋から戻って十日ほどのちの昼過ぎ――。

「又十郎さんはいらっしゃいますでしょうか」

切羽《せっぱ》詰まった様子で三十過ぎくらいの男が店に入って来た。

「はい、私です」

ちょうど店番をしていた又十郎が答えると、男はへなへなとくずれ落ち、土間にひざをついた。色白で背が高く、やや肥えた男だ。優し気な顔立ちをしている。

「だ、大丈夫ですか？」

びっくりした又十郎は土間へ走り下り、男を抱え起こそうとした。その手を男がひしとつかむ。

「よかった……。又十郎さんがいてよかった」

又十郎の手をとり、泣かんばかりな……いや、すでに少し涙ぐみさえしている男に、又十郎は困惑した。

「あのう……。どちら様でしょう」

「ああっ！　失礼いたしました！」

男ははっとした様子で、又十郎の手をはなし、一礼した。

「私、藤屋芳太郎《よしたろう》と申します。儀兵衛とお関のせがれです」

又十郎はていねいに頭を下げた。

「その節は大変差し出がましいことをいたしまして、まことに申し訳ございませんでした」

芳太郎があわてて叫ぶように言った。

「又十郎さんが詫びをおっしゃることはなにもありません。どうかお気になさらないでください。私が今日おうかがいしたのは、その母の幽霊のことなのです」

「……どうかなさいましたか？」

ひょっとして成仏したんだろうか。いや、だれも見えねえんだからそんなことがわかるはずはない。又十郎は頭の隅でちらりと思った。

「私の女房のお雪《ゆき》が寝込んでしまいまして」

「それはお気の毒に」

「疲れがたまって調子をくずしたのだろうと医者は申したのですが、私は母が祟《たた》っているのではないかと考えているのです」

　祟りとはまた物騒な……。

「生前、母はお雪を藤屋の次の女将として厳しく躾《しつ》けておりました。お雪は否定しましたが、正直申しまして、私には嫁いびりにしか見えぬこともございました。そんな母の成仏できぬほどの心残りは、お雪のこと以外は考えられません」

「儀兵衛さんもそうおっしゃっておいででした。幽霊になったからこそお関さんの思いはかたくなで、いくらお雪さんが努力しても成仏することはないのではと。ならばいっそのこと、お関さんの思い残しを晴らすのははなからやめにする。お関さんが不憫ではあるが、生きている者たちのほうが大切なのだ、と」

「はい。それは私も承知いたしております。でも、それではだめなんです。現にお雪は寝ついてしまった。疲れがたまっただけならば休めばなおるはずです。しかしお雪は日増しに弱っていく。近ごろは医者も首をひねっておる始末です」

藤屋で見たお関の幽霊の表情からは、怒っている様子は感じられなかった。

でも、お関のほんとうの心の内はわからない。寝込んだお雪が弱るいっぽうだというのだから……。

「私は、母の気持ちを知りたいのです。又十郎さんの妹さんは、物に宿った人の思いを聞くことができるのだと、以前読売に書いてありました。妹さんのお力をお借りできないでしょうか」

天音を藤屋へ？　お関が祟っているというのに？

そもそも幽霊は、己と関わりのあるなしがわかるんだろうか。見境なく祟るんじゃないのか。

天音がお関に祟られたらどうしよう……。自分だって祟られるのは困るが、仕方がないとあきらめがつく。でも、天音が祟られるのは絶対に嫌だ。

「藤屋さんにうかがうかどうかは、妹本人に決めさせたいと思います。手習いから帰ってきたら聞いてみます。ただ、妹はとても怖がりなので、祟っている幽霊の側に行くのは無理かもしれません」

芳太郎が肩を落とす。

「それは当然のこと。又十郎さんも、妹さんを危ない目にあわせたくはないでしょうし。ご無理を申し上げてすみませんでした」

しょんぼりとうなだれて帰っていく芳太郎を店の前で見送りながら、又十郎の胸は痛んだ。今すぐ走って行って、「必ず天音を連れていきますから」と芳太郎に言ってやりたかった。

でも、それはできない。申し訳ないけれど、俺には天音のほうが大切なんだ。又十郎はくちびるをかみしめ空を見上げた。

おとっつぁんやおっかさんに話さねえわけにはいかないが、天音にはだまっておこう……。

次の日の朝、又十郎は藤屋へ行くため、居間で身支度を整えていた。平助とお勝が古着の仕入れの相談をしている。

「あんちゃん、どっかへ行くの？」

驚いて又十郎が振り返ると、今しがた出かけたはずの天音が立っている。胸には風呂敷包みを抱えたままだ。

「手習いに行ったんじゃなかったのかよ」

「休むことにした」

「腹でも痛くなったのか」

「あんちゃん、藤屋さんへ行くんでしょ」

「行かねえよ。藤屋の話はもう終わったんだから」

「うそ。だってゆうべこの部屋でおとっつぁんとおっかさんとあんちゃんとで話してるのが聞こえたもん。藤屋とか芳太郎さんとか言ってた」

天音のやつ、ぐっすり眠っているとばかり思っていたのに……。又十郎は心の中で舌打ちをした。

「どうしてあたしにだけ内緒にするの？　ちゃんと話して」

早くも泣きそうになっている天音に、又十郎はあわてた。

「わかった。あんちゃんが悪かった」

たしかに、家の中で隠し事は良くない。天音にも話してやるべきだ。又十郎は天音と向かい合って座った。

仔細を話した又十郎は、最後にしっかりと天音に言いわたした。これだけはゆずれない……。

「俺は、天音は藤屋へは行かねえほうがいいと思う」

天音はうつむいてしばらく考え込んでいる様子だったが、やがて顔を上げた。

「あんちゃんは藤屋さんへなにをしに行くの」

「幽霊がどうしてるか見てこようと思ってる」

「じゃあ、あたしも行く」

「だめだ、天音。祟られたらどうする」

「でも、行かないと藤屋さんがかわいそう」

「それはそうだけど。祟られたら死んじまうかもしれねえんだぞ」

「じゃあ、あんちゃんはお雪さんが死んじゃってもいいの？」

又十郎は一瞬言葉につまったが、きちんと本音を言うことにした。とりつくろってもしょうがない。

「よかねえけど、俺は天音のほうが大事なんだ」

「あたしはお雪さんを助けてあげたい」

天音のまっすぐな気持ちに、又十郎はたじたじだった。だが、絶対に行かせてはならない。

お勝がなだめるように天音の肩を抱く。

「天音の優しい気持ちはうれしいけど、おっかさんも藤屋さんへ行くのは反対だよ。幽霊ってのはなにをするかわからないんだからね」

又十郎はお勝が自分の味方をしてくれたので心底ほっとした。おっかさんなら天音を思いとどまらせてくれるだろう。

「でも……」

「『でも』じゃない。これぱっかりはだめなんだよ。天音の身になにかあったら、おっかさんは生きていられないんだからね」

天音の大きな目から涙がぽろぽろとこぼれ落ちる。どうやら得心したようだ。かわいそうだが仕方がない……。

平助が煙管《キセル》の灰を煙草《たばこ》盆に落とし、口を開いた。

「又十郎、お関さんの幽霊はどこにおるのだ」

「台所の壁の前」

「お雪さんに祟っておるのなら、お関さんは寝所や居間など、お雪さんの側におるのではないか」

確かにそうだ。長屋ならともかく、藤屋は広い。台所から祟るより、近くで祟ると考えるほうが理屈にあっている。

「ということは……」

平助が又十郎にうなずいてみせた。

「お関さんは、お雪さんに祟っておらぬのではないか」

「でも、お前さん。お雪さんは臥《ふ》せってるそうじゃないか」

「自分につらくあたっていた姑が亡くなり、幽霊になって家に憑いている。きっと祟られると思ったら気が休まらぬだろう。心配事があれば飯ものどを通らぬであろうし。体の具合も悪くなる。つまりは気鬱《きうつ》の病じゃな」

「病は気からってことだね」

「あたし、藤屋さんに行ってもいいの？」

「そうだねえ……。よく考えりゃ、お雪さんを祟り殺したとしても、藤屋にはなんの得にもならない。もしお雪さんのことがほんとに気に入らないんだったら、早くに離縁しちまえばよかったんだから。……じゃあ、行ってみるかい？」

「うん！」

たちまち天音が笑顔になる。

「その代わり、又十郎。お関さんが台所からお雪さんの寝間へ移動してたり、形相《ぎょうそう》が変わってたり、様子がおかしかったらすぐ天音を連れて帰ってくるんだよ」

「わかった」

「よかったのう、天音」

「ありがとう、おとっつぁん」

天音に抱きつかれ、平助が相好《そうごう》をくずす。なんかおとっつぁんにいいところをもっていかれちまったな……。

又十郎はなんとなく面白くなくて、丸くなって眠っている猫の小太郎《こたろう》の耳をちょいと引っ張った。

〈みぎゃっ〉

小太郎が抗議の声をあげる。

「だめ、あんちゃん。小太郎がせっかくよく眠ってるのに、起こしちゃかわいそうでしょ」

天音に軽くにらまれ、又十郎は「すまねえ」とあやまる羽目になった。

ちぇっ。ますますつまんねえな……。

「あたしは家つき娘で、姑に仕《つか》えたことはないからつらい思いをしたことはないけど、嫁いびりの話はよく耳にするよねえ」

お勝の言葉に、又十郎はふと興味を抱いた。

「姑はどうして嫁をいじめるんだろうな」

「そりゃあかわいい倅《せがれ》を嫁に取られちまったからだろ」

「おっかさんも、あんちゃんのお嫁さんをいじめるの？」

「あたしゃそんなことしない。こんな馬鹿息子の嫁に来てくれるんだもの。大事にしてかわいがる。それより天音のほうが心配だ。嫁入り先で姑にいじめられたらどうしようって」

「天音は嫁にいかずともよいではないか」

「そんなわけにはいかないよ。……あっ、そうか。天音に婿《むこ》を取ればいいんだ」

「それは名案じゃやな」

「そうすりゃ、天音はずっとこの巴屋にいていいんだよ。うれしいかい？」

「うん！」

「ちょっと待った。俺はどうなるんだよ」

「お前のことなんて知ったこっちゃない。どこへでも、好きなところへ出て行きな」

「ひでえな……」

「じゃあ又十郎は、天音が嫁いびりをされてもいいんだね」

「いや、違う。それは絶対に嫌だ。……ああ、わかったよ。どこか奉公先をさがせばいいんだろ」

「かわいそうだから、あたしが巴屋で雇ってあげるね、あんちゃん」

「……ありがとう」

4

又十郎は天音を連れて藤屋へ出かけた。お関の幽霊が、台所の壁の前から動くことなく正座しており、また、表情も変わっていなかったので、又十郎は胸をなでおろした。

壁の前には経机《きょうづくえ》が置かれ、花と水、そして饅頭《まんじゅう》が供えられている。又十郎と天音は線香をあげ、手を合わせて拝《おが》んだ。

「ありがとう、ほんとうにありがとう。よく来てくれたね」

大喜びの芳太郎に頭をなでられ、天音がはにかんでぺこりとお辞儀をする。

「さっそくお願いしてもいいかな」

「はい」

又十郎は天音と手をつないだ。小さい手だ。天音は幼いのだといまさらながら思う。

その天音が、今朝家で、藤屋さんがかわいそうだと泣いた。思い出した又十郎は涙ぐみそうになって、あわててまばたきをする。

天音は台所をゆっくりと歩いた。ときおり立ち止まって目を閉じ、耳をすますようなそぶりをする。

やがて天音が又十郎を見上げ、かぶりをふった。

「声はしねえか」

「うん」

「すみません、台所には女将さんの声がする物がないらしいので、別の部屋を見せてください」

次に案内されたのは儀兵衛とお関の居間だった。亡くなって間がないためだろう。鏡台も箪笥《たんす》もそのままにしてあるのだという。

箪笥と鏡台の他は、文机《ふづくえ》と衝立《ついたて》が置かれているくらいで、店の主夫妻の部屋にしては質素であるように思われる。箪笥や鏡台も凝《こ》った作りなどではなく、世間一般のありふれた物だった。

佐吉が、藤屋の商いは順調だと言っていたから、普段の暮らしには金をかけない主義なのかもしれない。

天音はていねいに部屋の中を回り、押し入れも開けて行李《こうり》も出してもらったが、ここでも声のする物は見つからなかった。

「この部屋にあると思っていたのですが……」

芳太郎の表情には落胆の色がにじみ出ていた。又十郎と天音も同様だった。

この部屋にないとなるとやっかいだな。ひょっとすると出てこないかもしれねえぞ……。

天音が肩を落としているので、又十郎はつないでいる手をきゅっと握り、大丈夫だとほほえんで見せた。

結局、店も含めてお関ゆかりの物がありそうな場所はすべて調べたが、声がする物はなかった。

天音はすっかりしょげてしまい、今にも泣き出しそうだ。帰りにおでんでも食うかな。今日は寒いしちょうどいいや。

「声がする物がないってわかってほんによかった。正直、お雪への悪口が込められた物が見つかったらどうしようって、私はずっとひやひやしてたんだよ。ありがとう、天音ちゃん」

芳太郎に笑顔でお礼を言われて、天音も少し元気が出たようだ。

「そうそう。娘のお花《はな》に、用事が済んだら天音ちゃんと遊びたいからと頼まれていたんだった。すっかり忘れていた」

女中に連れられて行く天音の後ろ姿を見ながら、芳太郎が口を開く。

「又十郎さんのおとっつぁまがおっしゃったように、おっかさんが動かず台所にいるってことは、お雪を祟るつもりはないってことだし。お雪の悪口が込められた物も見つからなかったし。けっきょくおっかさんは単に口うるさい姑だったってことだな。それを話してやったらお雪もきっと元気になるだろう」

半ば自分に言い聞かせるような芳太郎の物言いに、又十郎も相槌《あいづち》を打った。

「お関さんは、大切な芳太郎さんを、お雪さんに取られちまったような気になってしまわれたんでしょうね」

「そんなところだろう。お雪もあと数年して倅が嫁をもらったら、おっかさんみたいな姑になるのかもしれない。そういえば、又十郎さんも私と同じひとりっ子なんでしたよね」

「はい。でも、うちは私が嫁をもらうどころか、店から追い出されちまいそうな勢いです」

「えっ！　ほんとうに？」

「はあ、姑に仕える苦労をさせたくないので、妹に婿をとると申しております」

「いやいや、まさか」

「それが両親とも、もう大乗り気で。私も妹がつらい目にあうのは嫌なので、そのほうが良いかなと」

「……うちの店へいらっしゃいますか？」

「ありがとうございます。それが、かわいそうだからと、天音が巴屋で雇ってくれるそうですので」

「ははは、かわいらしいことだ」

「血はつながっていないんです」

「ええ、存じております」

「妹というものはほんにかわいいのですが、最近やっと『あんちゃん』と呼んでもらえるようになりました」

「それはそれは」

「『あんちゃん』と呼ばれるとすごくうれしくて、天音を守ってやりたい。天音のために何でもしてやりたいと思ってしまいます」

「あんちゃん！」

「ほらね。もうたまりませ……えっ！　どうした？　天音」

お花らしき女の子と手をつないで、天音がこちらへ駆けてくる。

「あんちゃん！　これ！　声が聞こえる！」

天音が差し出した桐《きり》の小箱を開けてみると、べっ甲の櫛《くし》が出てきた。蝶《ちょう》を透かし彫《ぼ》りにしてある。

「これは見事な……」

又十郎は絶句した。芳太郎が嘆息する。

「こんな立派な櫛をおっかさんが持っていたなんて……」

「お花ちゃんのお部屋にあった」

「おばあちゃんがずっと前に、『あたしがこの家からいなくなってふた月したら、おっかさんにわたしておくれ』って。お駄賃に金平糖《こんぺいとう》をいっぱいもらったの」

「どうして今まで黙っていたんだ、お花」

「だっておばあちゃんが絶対だれにも言っちゃだめって……」

「そうか」

「ごめんなさい」

「いや、いいんだ。おっかさんの気性はよくわかってるから」

涙ぐんでいるお花の頭を、芳太郎が優しくなでる。

「天音、櫛からはどんな声が聞こえてるんだ？」

「それが、あんちゃん。ふたつ声が聞こえるの」

「ええっ！」

又十郎と芳太郎は顔を見合わせた。

「ひとつは、おっかさんよりずっと年上の女の人の声で、『どうか芳太郎を頼みます』って。もうひとつは、うんと若い女の人が、『どうか芳太郎をお願いします』って言ってる」

又十郎は首をひねった。ふたりとも、芳太郎の身を案じて頼んでいるらしいことはわかった。年配の女子はお関に違いない。だが、もうひとりはいったいだれなのだろう。

腕組みをして考え込んでいた芳太郎が意を決したように言う。

「父にたずねてみましょう」

芳太郎の話を聞き、櫛を見た儀兵衛は深いため息をついた。

「お関はすでにお雪に櫛を譲る心づもりをしていたのか……。お雪にも聞いてもらいたいから、お前たちの部屋で話そう」

5

芳太郎とお雪夫婦の部屋も、他の部屋同様さすがにふすまが見事で、又十郎はつくづく感心した。紫苑色の地色に、牡丹《ぼたん》の凝った模様が、光の具合で時折銀色に光っている。

お雪は名の通り、色の白い綺麗《きれい》な女子だった。夜具の上に積んだ座布団にもたれかかっているが、ずいぶんやつれているのが痛ましい。

お雪の右隣に芳太郎、左隣に又十郎と天音が座った。儀兵衛とは相対する形になっている。

又十郎はおずおずと言った。

「あのう……。お話が終わるまで、私と妹は、別のお部屋で待たせていただきたいと存じます」

真剣な面持《おもも》ちで儀兵衛が口を開いた。

「私は、幽霊となったお関の姿を見、声を聞いてくださったおふたりにも、ぜひ話を聞いていただきたいのです。供養《くよう》だと思ってお願いいたします」

「承知いたしました」と応えて、又十郎は礼をした。天音もそれにならう。

儀兵衛が櫛が入っている桐の小箱を手にした。

「この櫛は、代々藤屋の女将に伝わる櫛だ。ふたりの女子が芳太郎を案じている声が聞こえるそうだが、年配の女子はお関だろう。もうひとりの若い女子は、おそらく芳太郎の生みの母親のお孝《こう》……」

又十郎と天音は思わず「ええっ！」と声をあげてしまい、あわててあやまった。儀兵衛が優しくほほえむ。

芳太郎も屈託《くったく》なく言った。

「もちろん私もお雪も、母が継母《ままはは》であることは承知している。生みの母親は産後の肥《ひ》立《だ》ちが悪くて亡くなった。後添《のちぞ》えの母は子宝に恵まれなかったのもあって、私をたいそうかわいがってくれたんだ」

「子宝に恵まれなかったんじゃない。産まなかったんだ」

今度は芳太郎が「ええっ！」と声をあげた。

「いったいどういうことですか、おとっつぁん」

「お関はもともと藤屋の女中だったんだが、お孝が身ごもっている間に、理《わり》ない仲になってしまってな。お孝は自分が死んだら後釜にすわるお関が憎かった。『儀兵衛さんと一緒になってもけっして子を産まないでおくれ。もし産んだら祟ってやる。あんたに祟るんじゃない。あんたが一番かわいいと思う者に祟るからね』と、今際《いまわ》の際《きわ》にお関に言い遺したんだ」

芳太郎がしぼり出すような声で言った。

「なんてこった。私は、母は子が産めない身体《からだ》だとばかり思っていた。それが実の母親の言い遺したことのせいだったなんて……。どうして今までほんとうのことを教えてくれなかったんですか？　おとっつぁん」

「お関が止めたんだ。生みの母親のことを悪い人だと思ったら、芳太郎がかわいそうだって。それだけじゃない。自分の命と引き換えに産んだたったひとりのわが子に嫌われちゃ、お孝があまりにも気の毒だって。それに自分には、泥棒猫みたいな真似をした負い目があるとも言った」

お関さんは、そんな悲しい目にあった人だったのか……。又十郎は胸がつぶれてしまいそうな気がした。

「私はお関に、子を産んだらいい。祟りは全部私が引き受けると言った。そもそも私がお関に手をつけたのがきっかけだったんだから、すべての責めは私が負うべきなんだ。気になるのなら、お祓《はら》いをしてもらおうともちかけたこともある。だが、お関はこう答えた。『血がつながらない芳太郎でさえこんなにかわいくてたまらないんですから、血を分けた子だったらもっとかわいいにきまってる。もし祟って万一のことがあったら、子どもに申し訳が立ちゃしません。だから産むのはやめにします。私は芳太郎がいてくれればもう充分なんです』」

「おっかさん……」

芳太郎がむせび泣く。お雪がそっとその背をさすった。

「生みの母親が母をそんなに苦しめていたなんて思いもよらなかった。ほんとうにごめんよ、おっかさん。悔《くや》しい気持ちはわかるけど、生みの母も、どうしてそんなひどいことを言ったんだろう」

「悔しいからじゃないと思うの」

お雪の言葉に、芳太郎と儀兵衛が驚いたような表情を浮かべた。

「芳太郎さんを遺していかなければならないお孝さんは必死だった。なんとかこの子を育ててもらわなきゃ、大事にしてもらわなきゃって。だから祟るなんてひどいことを言ったんじゃないかしら」

「俺もそう思います。櫛に残ってる思いが、『悔しい』じゃなくて、『どうか芳太郎をお願いします』なのが、その証ではないでしょうか」

又十郎に続いて、天音も口を開いた。

「櫛から聞こえるお孝さんの声は必死でした。芳太郎さんのことだけを考えていたんだと思います」

「わが子のためなら母親は鬼にもなれるんですよ……」

お雪がほほえむ。

「そして、おっかさまは、芳太郎さんを育てているうちに、お孝さんのほんとうの気持ちに気づいたんだと思います」

「それじゃあ、産めばよかったんじゃないのか、自分の子を。私の弟や妹を」

「知ってしまったら、そんなこと、よけいできゃあしませんよ」

「……そうなのか」

「はい。私なら産めません」

母親ってすげえもんなんだな……。又十郎は胸がいっぱいになった。俺もそんなふうに思いながら育ててもらったんだろうか。

それなのに、常日頃いろいろ口答えしたり文句言ったりしちまってるのが申し訳ないや。

「お関は家に代々伝わる櫛を、お雪に譲るつもりだった。そして櫛には『芳太郎を頼みます』というお関の強い思いが残っていた。だから、お関はとっくにお雪を藤屋の嫁として認めていたんだよ」

お雪がほほえんだ。ほおにうっすらと赤みがさす。

「ならばおっかさんは、どうしてお雪につらくあたったんですか？」

「芳太郎さん……」

お雪が芳太郎のそでをそっと引いたが、芳太郎はなおも言い募った。

「お雪は私には過ぎた女房です。お雪はおっかさんの意に沿おうと一生懸命につくした。なのにおっかさんは気に入らない。もともと唐紙師の娘であるお雪をぜひにと言って藤屋へ迎えたのはおっかさんだ。自分で探してきた嫁なのにどうして……」

それには答えず、儀兵衛は懐《ふところ》から緑色の千代紙を取り出した。

「芳太郎、これはなに色だ？」

「……緑です」

今度は赤い千代紙を見せた。

「では、これは？」

「……緑です」

又十郎と天音は顔を見合わせた。お雪が手で口を押さえている。

「芳太郎は、いくつかの色がわからないんだ。どうやら生まれつきのものらしい」

「……そんな」

お雪が呆然《ぼうぜん》としている。無理もない。他の商売ならともかく、地唐紙問屋の主が、わからぬ色があるというのでは商売にならない。

「すまない、お雪。今まで隠していて悪かった。でも、知ればお前があいそをつかして出て行ってしまうんじゃないかと思って。怖くて言えなかったんだ」

「あいそをつかしたりなんてしませんよ。色がわからなくったって、芳太郎さんは芳太郎さんですもの」

「ありがとう……」

「芳太郎にわからない色があることにお関が気づいたのは芳太郎が五つくらいのころだった。何人もの医者に診《み》せたが一向に治らない。それからは加持祈禱《かじきとう》、お百度参り、願掛け、まじない、針灸《しんきゅう》、食べ物……。私もお関も、良いと聞いたものはなんでも試したがどれも効き目はなかった」

大切なたったひとりの跡取りが、家業をやっていく上で障《さわ》りのある問題を抱えているのだ。儀兵衛もお関もどんなに胸を痛めたことだろう。

そして芳太郎自身もどんなにつらかったか。又十郎でさえ、巴屋の跡取りとしていろいろ思うところがある。藤屋は巴屋よりずっと大きい店なのだから。

「芳太郎が治らないと悟ったお関が次にしたことは、私と一緒に店に立つことだった。『藤屋の女将は、女だてらに商いに口をはさむ』とずいぶん陰口をたたかれたがひるまなかった。藤屋の女将は商いに関わるという習いを作ろうとしたんだ」

お雪がはっとした様子で儀兵衛の顔を見た。儀兵衛が大きくうなずく。

「もう気づいたようだな、お雪。お関は芳太郎の嫁になる女子に、芳太郎の手助けをしてもらいたいと思ったのだ。だから、芳太郎の嫁には色に才をもつ者をと心定め、手配りをして探していた。そこへ、絵の具の調合に非常に長《た》けていると評判の、唐紙師の娘であるお雪に白羽の矢が立った」

「だからおっかさまは、あたしに商いのことを厳しく仕込んだのですね。あたしは奥のことや子どもたちの面倒をみてやりたかったから、ずいぶんつらかったんですが、そんな仔細があったとは……」

「亡くなった人の悪口を言いたくはないんだが、おっかさんはお雪にずいぶんきつくあたっていた。商いに関しては、まあ百歩ゆずったとしても、普段の暮らしの中のことについてもかなり口やかましかった。たとえばお雪の普段の着物。『これを着ろ』とおっかさんが言うからその通りにしたら、『どうしてこんなのを着るんだ』ってさんざん叱《しか》られて。もう単なる言いがかりとしか思えない。あれはいったいどういう料簡《りょうけん》だったんだろう」

口をとがらせて不満そうな芳太郎に、儀兵衛は苦笑を浮かべた。

「私もそのことは一度お関に意見したことがある。嫁いびりもたいがいにしろと。だがお関から理由《わけ》を聞いてなるほどと思ったんだ」

「理由？　いったいそれはなんです？」

「まあ、あとで説明してやるから。まずは私がたずねることに答えなさい。お前はお関とお雪、どちらを信用している？」

「それはもちろんお雪です」

「お関はあれほどお前を慈《いつく》しんでいたというのに、信用できないのか」

「そりゃあ子どものころは、おっかさんの言うことは絶対でした。まあ、おとなになってからも……お雪が嫁《とつ》いでくるまでは。でも、おっかさんのお雪に対する仕打ちを見ていたら、おっかさんも間違っているところはあるんだと思うようになって……」

「ほう。なるほど。続けなさい」

「……もちろんお雪だって間違うことはある。私だってそうです。人は正しいことばかりいつもやっているわけじゃない。でも、お雪は、けっして私を裏切ったり陥れたりすることはない」

「なぜだ？」

「おっかさんにつらい仕打ちをされても、私の女房でいてくれるからです」

「お前の考えはよくわかった。それでは、今度はお雪にたずねよう。お関にいびられても、お雪が辛抱できたのはどうしてだ？」

「……芳太郎さんがいつも、かばったりなぐさめたりしてくれたからです。優しくしてもらってあたしは幸せ者だと思います。芳太郎さんがあたしを信用していると言ってくだすってとてもうれしいです。もちろんあたしも、芳太郎さんのことを心から信頼しています」

「芳太郎もお雪も、ほんに良い夫婦《めおと》となったものだ。お関の思惑通りにな……」

芳太郎とお雪が顔を見合わせた。

「芳太郎をかわいがって育てたのは良いが、なんでも『おっかさん、おっかさん』で困ったものだとお関は思っていたのだそうだ」

芳太郎のほおがみるみる赤くなる。お雪がくすりと笑った。

「芳太郎の目のこともある。嫁をもらったら、その女子とふたりで力を合わせ、藤屋を切り盛りしてゆかねばならない。母親より女房のほうを信頼するようでなければ、とてもやっていけまいと。それであえてお雪につらくあたることにしたのだそうだ。お関がいじめればいじめるほど、夫婦の情が深まって絆《きずな》が固く結ばれる。芳太郎はお雪をかわいそうに思って慈しむ。お雪は芳太郎を頼もしく思う。夫婦仲がうまくいくというわけさ。この櫛をお関が譲る気になったのは、芳太郎とお雪が、お関の望み通りの夫婦になったと認めたからだよ」

芳太郎とお雪が絶句している。

「お関さんもお孝さんと同じ。芳太郎さんのために、鬼になったというわけですね」

又十郎の言葉に、儀兵衛はうなずいてみせた。

「いやはや母親というものは……つくづくありがたいねえ……」

儀兵衛は続いて居住まいを正し、再び口を開いた。

「さて、お雪。お前はこれからどうしたい？　いろいろほんとうのことを聞かされて、さぞ驚いただろうが、腹も立ったにちがいない。芳太郎と離縁してこの家から出て行くというのなら止めはしない。お雪の好きにしていいんだよ」

「おとっつぁん！　なんてことを言うんですか！」

芳太郎が悲鳴のような声をあげる。

「私はお雪とずっと連れ添いたい。それに店はどうするんですか。私の代で藤屋をつぶしてしまっては、ご先祖様に申し訳がたちません」

そして芳太郎は向きなおり、お雪に深々と頭を下げた。

「苦労をかけてほんに申し訳ないが、私を助けてともに藤屋を支えてもらいたいのだ。頼む」

「芳太郎。わがままを言ってはいかん。お関が亡くなった今、お雪をしがらみから解き放ってやらねばならんぞ。店のことは私がなんとかするから」

お雪がうつむいてじっと考え込んでいる。お雪はいったいどうするのだろう。又十郎はわがことのように胸がどきどきした。

「あたし、芳太郎さんをお支えします。藤屋の女将として精進《しょうじん》いたしますので、今後ともどうぞよろしくお願い申し上げます」

頭を下げるお雪の手を取って、芳太郎は「ありがとう」を何度も繰り返す。

「ほんとうにそれでいいのか、お雪。遠慮しなくていいんだぞ」

儀兵衛の言葉に、お雪がほほえみながらうなずく。

「あたし子どものころ、唐紙師になってだれもがびっくりするぐらい綺麗な地唐紙を作ってみたかったんです。でも、女だからだめだっておとっつぁんに言われて、悔しくて悲しかった……。でも、これからはずっと地唐紙に関わっていくことができる。

こんな幸せはないと思います。それに……」

言い置いてお雪が芳太郎を見つめる。

「あたしはずっと芳太郎さんの女房でいたいんです」

「ありがとう」と言いながら、芳太郎がむせび泣いた。

「お雪、これからもよろしく頼む。ほんにありがとう」

儀兵衛のほおにも涙が伝う。目をうるませた天音が、又十郎のそでをぎゅっと握りしめたので、又十郎は天音の肩をそっと抱いた。

しばらくして、「あっ!」と又十郎は声をあげた。気配が変わったような感じがしたのだ。

台所へ行ってみると、お関の幽霊がいなくなっている。芳太郎の目のことや、そのほかもろもろの事情を知っても、お雪が女将として芳太郎を支えてくれるのかどうか、お関は気がかりだったのだろう。

よかったですね、お関さん。藤屋が次の代も安泰で。心の中でつぶやきながら、又十郎は壁に向かって手を合わせた……。

# 第二話　雪待《ゆきまち》

## 1

霜月《しもつき》に入ったとたん、冷え込みが厳しくなった。文字通り霜がおりる寒さである。髪置《かみおき》・袴着《はかまぎ》・帯解《おびとき》の祝いが行われるので、今月も損料屋は忙しい。

髪置は二、三歳の童《わらべ》の髪の成長を祝い、袴着は五歳の男児が初めて袴をつける。そして、帯解は七歳の女児が初めて帯をつけるのだ。

いずれも子の健やかな成長を寿《ことほ》ぐ儀式である。吉日を選んで子に晴れ着を着せ、皆で氏神様へお参りし、あいさつ回りをする。夜はお客を招いて祝いの宴《うたげ》を開いた。

古《いにしえ》から公家《くげ》や武家で行われていた儀式が、江戸庶民にも広がった形である。損料屋では、身にまとう晴れ着や履物《はきもの》から、宴に使われる膳や器、掛け軸など、いろいろな品を貸し出すのが常であった。

祝うのがそれぞれの家の都合の良い吉日ということで、ある程度ばらけている。なのでそのおかげでひと月ずっと忙しいということになってしまっていた。

これがたとえば霜月十五日などと、祝う日が一日に定められていたらどうだろう。他の日の商いが格段に楽になるよな。

いや、待てよ。一日に定まったら、もう死んじまうのじゃないかってほど忙しくなっちまうぞ。それに、店にある品は数に限りがある。

一斉に借りに来られるよりも、何人かずつに品を回せるほうが、店の実入りが良い。こちらの面でも、決まった日に祝うとなると損料屋泣かせとなってしまうのだ。

やっぱり今のままがいいや。文句言わねえでしっかり働こう……。

「ああ、やっぱり……」

又十郎は畳《たたみ》に両ひざをついた。壁のところに幽霊がいる。

巴屋の入っている表店の大家源蔵《げんぞう》に頼まれて、又十郎と天音は浅草《あさくさ》の長屋にやって来ていた。

すっかりおなじみの嫌な気分になるわ、家から黒い霧がわき出しているのが見えるわで、さんざんだったのだが、やはり思ったとおりだった。

六十過ぎくらいの、目の細い老人がひざを抱えて座っている。

老人はよく日に焼けていたが、やせて骨ばっているのがわかった。それががたがたとふるえているのだ。

老人の顔の表情からすると、なにかを怖がってふるえているように、又十郎には思われた。

ちょうど老人の前に置かれる形となっている経机の上に位牌《いはい》があった。その横にそなえられた湯飲み茶わんの水が小刻みにゆれている。

又十郎はのろのろと壁を指差した。

「ここに幽霊がいます」

この部屋に住まう為蔵《ためぞう》と、長屋の大家が「ひええええっ！」と悲鳴を上げ、抱き合ってしりもちをついた。どうやら腰が抜けてしまったらしい。

天音が身を寄せ、又十郎のそでをぎゅっと握りしめた。又十郎は「大丈夫《でえ》だ」と言いながら頭をなでる。

「なにか声が聞こえるか？」

天音がかぶりをふる。

「そっか。気になる物もねえか」

こくりとうなずいた天音の頭を、又十郎はほほえみながらもう一度なでた。

又十郎は懐から紙を取り出し、筆を走らせた。天音がこわごわといった様子でのぞき込む。

腰を抜かしたまま、為蔵と大家がぼそぼそと話しているのが、又十郎の耳に入ってきた。

「大家さんよお。ちゃんと幽霊がいたじゃねえか」

「すまん、すまん」

「いくら俺が呑兵衛《のんべえ》だからって、湯飲み茶わんに入った水をゆらすほどに震えちゃいねえぜ」

「疑ったのは悪かったが、まさか幽霊のせいだとは思わないだろう。それにお前さん、自分で気づいちゃいないんだろうけど、ときどきゆらゆらゆれたり、ふるえたりしてるんだ」

「ほんとかよ」

「そんなことでうそをついたりしないさ。酒もほどほどにな。そんなに毎日のんだくれてちゃ、お咲《さき》さんもあの世でさぞなげいてるだろうよ」

「お咲の話はやめてくんな」

ぷいっと為蔵がそっぽを向き、大家がため息をついた。

「幽霊の絵姿が描けましたよ。どうぞご覧ください」

又十郎が畳の上に置いた絵姿を、為蔵と大家が息をのみ、食い入るように見つめている。

そういえば酒くさいな、と、又十郎は思った。さっきまでは幽霊のことで頭がいっぱいだったからなのかなにも感じなかったが、確かに酒くさい。

為蔵が酒くさいのもあるが、部屋に酒のにおいがただよっているというのか、染みついているというのか、とにかくそんな感じだ。

「為蔵、この人に見覚えがあるか」

「いいや。大家さんは？」

「わしもない」

「この長屋の店子《たなこ》ではないってことですか」

又十郎にたずねられて、大家が「うーん」とうなった。

「わしがこの長屋の差配を引き受けたのは、ちょうど十年前でな。それより前の店子は知らんのだ」

「前の大家さんにお会いできるでしょうか」

「徳兵衛《とくべえ》さんというて、住まいはわりに近くなんじゃ。わしが案内してやろう」

又十郎と天音、そして大家は、徳兵衛の居間へ通された。小柄で太った老人が、積み上げた座布団にもたれ、夜具の上で身を起こしている。

「ややや、これはどうなさいました」

大家が泡をくってたずねるのに、徳兵衛はふわりと笑ってみせた。

「庭で転んで腰を打ってしもうてな。骨は折れておらんのだが……。歳は取りたくないのう」

「それは災難でございましたな。お大事になさってくださいまし。お休みのところにおじゃましてしまいすみません」

「いやいや、ちょうど退屈していたところじゃ。長屋でなにか不都合なことでも起こったのか？」

「……それが。為蔵という店子から、位牌にそなえた湯飲みの水がずっとゆれているという訴えがありまして」

「ほう……」

「為蔵は八年前長屋に越してきました。刻莨《きざみたばこ》売りを生業《なりわい》として歳は三十二。子はないということでしたが、女房のお咲とふたり仲睦《なかむつ》まじく暮らしておりました。それが……」

いったん言葉を切った大家が咳払いをした。

「お咲が頭が痛いと訴えたあと倒れ、あっけなく亡くなってしまった。もう一年になります。悲しみをまぎらわそうと、為蔵は仕事にも行かずに毎日朝から酒びたりになっておるのです」

「なんと気の毒な」

徳兵衛が大きなため息をつく。経机の上の位牌はお咲のものだったのだ。

「その為蔵が、湯飲みに入れた水がずっとゆれていると言ったのか」

「はい。私は、酒の飲み過ぎで為蔵自身がゆれてるんだろうと思ったんですが、あまりしつこく為蔵が言うもので見に行ってみました。小さな紙の切れはしを湯飲みの水に浮かべると確かにゆらゆらとゆれている。普請《ふしん》にガタがきているわけでもないし、他の家ではそんな妙なことはおきたりしていない。すると為蔵が幽霊のしわざだって言いだして……」

「わが女房が帰って来たとでも申したか」

「いいえ、お咲なら長年連れ添った自分にはわかるはずだ。それに亡くなってから一年もたって出てくるのはおかしい。だから知らぬやつの幽霊だと」

「為蔵という男、酔っ払いにしては話に筋が通っているな」

「普段から理屈っぽい男なんですが、飲むとよけいにひどくなって屁理屈になっちまうのが常でして。でも、まあ、たまに鋭いことを申します」

「それで、そこにいる損料屋の兄妹に頼んだというわけだな」

「はい。いつかなにかの役に立つかもしれねえと、買った読売を取っておりましたものですから。向こうの長屋の大家の源蔵さんとは知り合いだから都合がいいなと思いましてね」

まったくうちの大家さんは、いったいどこまで顔が広いんだろう……。思わず又十郎はたずねた。

「あのう、お知り合いとはどのような？」

「何年か前に、うちの店子の嫁を世話してもらったんだ。けっこうあるんだよ。大家が仲人《なこうど》みたいなことをやるの」

「そうなんですね。ちっとも知りませんでした」

ということは、うちの店の裏の長屋の娘さんが、さっきの長屋の誰かのところへ嫁にきたってわけか。なんだかおもしれえな。

「又十郎、それでどうだった？　幽霊はいたのか」

「はい」と返事をしながら又十郎は、懐から幽霊の絵姿を出した。両手で絵姿を持ち、しげしげと眺《なが》めていた徳兵衛がつぶやく。

「これはおそらく与吉《よきち》だな。うん、面影がある……。そうか、与吉は亡くなってしまったのか」

ああ、よかった。幽霊は徳兵衛の知り合いだったのだ。又十郎はほっと胸をなでおろした。

「与吉は、二十年近く前にうちの長屋に住んでいたんだ。確か炭売りだった」

炭売りは「はかり炭」ともいい、天秤棒で炭をかついで売り歩く。炭の棒手振《ぼてふ》りであった。

武家や商家など裕福な家は俵炭を買う。しかし、長屋住みの人々は炭売りから少しずつ買ったのだ。炭売りは炭の他に、粉炭を乾かした安価な炭団《たどん》も商っていた。もっとも安いのは灰炭《はいずみ》で、松の焼け炭から作る。もちろん、安いものは火持ちも悪く灰ばかり出るのである。

「与吉は働き者だったが女房のお民《たみ》が体が弱くてな。ある日とうとう寝付いてしまった。与吉は医者に診せたり薬を飲ませたり懸命に世話をしたが、かわいそうにその甲斐もなく亡くなった。与吉の嘆き悲しみようは今でもよく覚えている。お民と一緒に暮らした家にひとりで住むのはつら過ぎると言っていた。やがて与吉は、長屋を出て行ったんだ」

長屋にはお民と過ごした年月の思い出がいっぱいつまっている。家の中のなにを見てもお民を思い出してしまう。

与吉はさぞ悲しくてつらかっただろう。長屋を出たのも無理はない。

又十郎は鼻の奥がつんとして涙が出そうになった。隣で天音も目を赤くしている。お民を亡くして二十年。与吉はいったいどんな暮らしをしていたのだろう。そして、なぜ死んでしまったのか。

さらに、あの長屋にとり憑いている理由はなんだろう。とにかくわからないことだらけだ。

ひとつひとつ探っていって、なんとか与吉を成仏させてあげないと。それに、いつまでも与吉が家に憑いていたら、為蔵も大変困るに違いない。

「与吉さんの引っ越し先はわかりますか」

又十郎の問いに、徳兵衛はゆっくりとかぶりをふった。

「与吉は黙って出て行ってしまったんだ。他の住人も、誰も行き先を聞いていなかった。与吉の気持ちは、皆、よくわかっていたから、探したりはしなかった……」

又十郎は、はっとした。

「与吉さんが商売用の炭を買っていた薪炭《しんたん》問屋の名はわかりますか？」

「良いところに目をつけたな、又十郎。確か……」

徳兵衛はしばらく考え込んでいたが、やがてはたと手を打った。

「そうだ！　日向屋《ひゅうがや》だ！　ここ浅草で、今も商いを続けているよ」

「ありがとうございます！」

2

又十郎と天音は薪炭問屋の日向屋へとやって来た。

又十郎は手代らしき男にたずねた。

「両国の損料屋巴屋又十郎と申します。二十年前に、こちらで炭を仕入れていた炭売りの与吉さんのことをご存じの方はいらっしゃいますでしょうか」

「二十年前、ですか……。年配の者に聞いてみますので少々お待ちください」

「お忙しいところすみません」

天音を連れて店の裏で待っていると、やがて五十過ぎくらいの男がやって来た。

「私は番頭の友蔵《ともぞう》です。与吉さんという炭売りには覚えがありますので、私でよろしければお話しします」

「ありがとうございます。お手間を取らせてしまい申し訳ございませんが、どうぞよろしくお願いいたします」

又十郎は懐から与吉の絵姿を取り出して友蔵に見せた。

「なるほど。これは与吉さんだ。ずいぶん年を取ったが、面影がある」

「これは、以前住んでいた長屋にとり憑いている与吉さんの幽霊なのです」

「ええっ！　……あっ！　もしかすると、幽霊が見える損料屋の兄と声が聞こえる妹っていうのはあんたたちのことかい？　春くらいだったかな。読売に書いてあった」

「はい、そうです。湯飲みの水がずっとゆれているから見てほしいと言われて長屋へ行ったら、与吉さんの幽霊が座ってふるえていたんです。なにかを怖がっているようでした。二十年前、女房のお民さんを亡くした与吉さんは、お民さんとの思い出がつまった長屋から引っ越したそうで、それからの暮らしを知りたいと思いまして」

「知りたいのにはなにか理由があるのかい」

「与吉さんが家に憑いたままでは住んでいる人も困りますし、与吉さんも気の毒です。心残りを晴らせば与吉さんも成仏できると思い、いろいろ調べています。私は見えるだけで幽霊と話すことはできないので」

「そうなんだね……。確かに与吉さんは、お民さんを亡くしてずいぶん気落ちしていたっけ。私はちょうどあのころ嫁をもらったばかりで、女房に先に死なれちゃ困るから、大事にしなけりゃな、なんて思ったのを覚えてるよ。でも、まあうちは女房がうんと年下なんだけどね」

商家で奉公すると、番頭になるころはもう三十を過ぎているのが普通だ。友蔵の女房がうんと年下だというのは、つまりそういうことなのだろう。

「世の常っていうのかなあ。女房に死なれると、亭主はまいっちゃうんだよねえ。がっくりして老け込んで元気がなくなっちまう。それに引きかえ、亭主が死んだ女房は、ひと月くらいは泣き暮らすけど、そのあと急に元気になる。若返って生き生きしてるんだ。あれはどうしてなんだろう。まあ、私が死んだあと、女房が元気に暮らしてくれたら、それが一番なんだけどね」

友蔵が照れくさそうに横鬢《よこびん》をかく。この人は幸せに暮らしているんだなと、又十郎は胸のあたりがぽわりとあたたかくなった。

「おっといけない。関わりのない話をしちまった。与吉さんは、お民さんを亡くしてからも、浅草のどこかの長屋に住んで炭売りをしていた。食ってかなきゃならないからね。でも、十年くらい前だったと思うんだが、体がきつくなって付け木売りに商売替えしたんだよ。知り合いに誘われたって言ってたっけ。だからそれからあとのことは私にもわからない」

付け木というのは、松や檜《ひのき》などの板をごくうすくけずったもので、大きさは五寸四方くらい。水でといた硫黄《いおう》を端にぬってかわかし、八十枚から百枚を短冊状に束ね、一把《わ》ずつ売り歩いた。

縦に細くさいて、火打石で硫黄の部分に火をつけ、それをかまどにうつすのに使った。付け木は、いただき物のお返しや、お年賀にも用いられた。

そう言われれば、付け木売りは老人が多いように思われる。荷が軽いのがその理由のひとつではないか。

長屋を出ても、与吉がきちんと働いていたとわかって、又十郎はほっとした。与吉はおそらく年を取って病で亡くなり、お民と暮らした長屋が懐かしくなってやってきたのだろう。

あ、でも、怖がって震えているのはどうしてだ？　ひょっとして、死んでから怖い目にあったのかな。

長屋へ逃げて来たとか？　お民さんが迎えに来てくれるのを待ってるのかもしれねえ。……違うだろうか。

まあ、帰りながら考えよう。腹が減ったなあ。天音にもなにか食わせてやらないと。

又十郎は、友蔵にお礼を言って日向屋をあとにした。

又十郎は、天音と蕎麦を食べて帰ることにした。寒いのであたたかいものが食べたくなったのだ。

天音には玉子とじを食べさせてやろう。天音は、これからもっと大きくならなきゃいけないもんな。

まあ、俺はもう十分育ったし、あんかけでいいや。

しかし、寒い日には熱い蕎麦と、考えることは皆同じとみえて、蕎麦屋の前には行列ができている。他の蕎麦屋へ行こうかと一瞬思ったが、ここは安くてうまいのだ。

まあ、だから皆並んで待ってるんだよな。うう、寒い。冷えてきやがったぜ。

天音に風邪《かぜ》をひかせちゃまずいよなあ……。あたりを見回した又十郎は、道端にいる大福餅《もち》売りを見つけた。

こいつぁいいや。

「おい、天音。大福餅買ってきてやるからちょっと待ってろよ。

「うん！」と、天音がうれしそうにうなずく。

大福餅屋がかついでいる木箱には火鉢が入っている。だからいつも焼き立てを売っているのだ。

ひとつ四文で安くてうまい。体も手もあたたまり、腹も満たされる。大福餅は庶民の味方だった。

熱い大福餅をひとつずつ持って、ふうふう息を吹きかけてさましながら食べる。かじかんでいた手と指があたためられて心地よい。

「おい、又十郎」

夢中になって大福餅を食べていた又十郎は、驚いて思わず「ひゃあっ！」と声をあげてしまった。

「そんなに驚かぬでもよいではないか」

元定町廻《じょうまちまわ》り同心の沢渡伝兵衛《さわたりでんべえ》がにこにこ笑っている。

「これは伝兵衛様。ご無沙汰《ぶさた》いたしております」

又十郎はあわてて頭を下げた。天音もそれにならう。

「又十郎、口のまわりに餡《あん》がついておるぞ」

「えっ！」と言いながら、又十郎はそでで口をぬぐった。

「もっとうまいものを食わせてやろう」

「ありがとうございます！」

又十郎と天音は顔を見合わせにっこり笑った。おいしいものにくわしい伝兵衛は、又十郎と天音によくごちそうしてくれるのだ。

「まずは大福餅を食ってしまうことだ。ゆっくりでよいのだぞ。のどにつまらぬようにいたせよ」


伝兵衛が店の戸を開けたとたん、どっと鼻に押し寄せる感じでいいにおいがした。

天音が一瞬驚いたような顔をしたが、すぐに笑顔になる。

「なんのにおいかわかるか、天音」

「……牡蠣《かき》だと思います」

「ご名答。この店はな。うまい牡蠣を食わせるのじゃ」

牡蠣か……。うまそうだな。又十郎の腹の虫がきゅるきゅると鳴ったので、伝兵衛がほほえむ。

又十郎は恥ずかしさでほおが熱くなった。

昼餉《ひるげ》の時分どきを過ぎているせいで、店の中の客は数人である。

なにを食べさせてもらえるんだろう。はしたねえけど、つい期待しちまうよな。

最初に運ばれてきたのは、丼《どんぶり》に入った牡蠣飯だった。大口を開けてほおばると、磯《いそ》の香りが鼻から抜ける。

牡蠣をかむと汁がじゅわっとあふれて大変にうまい。小さく刻んだ生姜が混ぜ込んであるのも、少しうすめの味付けなのも、なにもかも好ましかった。

又十郎も天音もあっという間に牡蠣飯をたいらげてしまった。

「こんなにうまい牡蠣飯は初めてです」

「そうであろう、そうであろう」

伝兵衛が満足そうにうなずく。ちなみに伝兵衛は牡蠣飯を食べていない。そのわけはすぐに判明した。

燗酒と、杉板にのせて焼いた大ぶりの牡蠣が運ばれてきたのだ。牡蠣の杉焼きである。

焼いた味噌の香ばしいにおいと、杉の良い香り、そしてもちろんうまそうな牡蠣のにおい……。

又十郎は、自分の前に置かれた杉焼きをひとつ口に入れた。

「熱《あ》っつい！　うめえ！　ほにゃふれ……」

牡蠣がうますぎて、自分でもなにを言っているのかわからない。伝兵衛が、笑いながら酒を口に含む。

天音は、用心深く杉焼きに息を吹きかけさましてからほおばった。たちまち世にも幸せそうな笑顔になる。

杉焼きを堪能してため息をついていると、今度は蕎麦が運ばれてきた。なんと、牡蠣の天ぷら蕎麦である。

女子の握りこぶしぐらいの大きさの牡蠣の天ぷらがふたつのっている。又十郎は天ぷらをほおばった。

衣がさくりと音を立てた。牡蠣はやわらかい。そして汁が口中にあふれる。なんてうまい天ぷらなのだろう。又十郎は感激した。

そして、少し細めに切った蕎麦が、牡蠣のうまみとごま油が溶け出した汁によくからんで、これまた非常に美味である。

「牡蠣の天ぷら蕎麦も絶品であろう」

伝兵衛の言葉に、又十郎と天音は蕎麦をすすりながらうなずく。

「どれも大変おいしゅうございました。ごちそうさまでした」

又十郎と天音は、伝兵衛に深々と頭を下げた。

「いやいや、礼には及ばぬ。ひとりで食うてもつまらぬでな。又十郎と天音がおいしそうにたいらげてくれて、わしはうれしい。ところで、今日は何用で浅草まで参ったのじゃ？　ひょっとしてまた幽霊騒ぎか」

さすが伝兵衛様だと思いながら、又十郎は「はい」と答えた。

「湯飲みに入れた水がずっとゆれているので見てほしいと言われて長屋へ行ったら、家に憑いた幽霊がなにかを怖がってがたがた震えていたんです」

又十郎から絵姿を受け取った伝兵衛の顔色が変わった。

「幽霊の身元はわかったのか」

「二十年近く前に長屋に住んでいた与吉さんという炭売りです」

「ほう……。他には？」

たたみかけてくる伝兵衛の鋭い眼光に気圧《けお》されながら、又十郎は答えた。

「ええと、女房のお民さんに死に別れた与吉さんは長屋を出て、浅草のどこかに住んで炭売りを続けていましたが、十年ほど前に体がきつくなったので付け木売りに商売替えしたそうです。それからあとのことはわからないと薪炭問屋の日向屋の番頭さんが言ってました」

「よく調べたな。でかしたぞ、又十郎」

伝兵衛がぽんぽんと又十郎の肩をたたく。

「この男は、五日前の朝、東橋《あずま》近くの川べりで殺されているのが見つかった。ずいぶんなぐられたようだ。年寄りは体がやわになっちまってるからな。えらくこたえたんだろう」

「ええっ！」

又十郎は思わず声をあげた。幽霊になって家に憑いているのだから与吉がすでに亡くなっていることは承知していたが、まさか殺されただなんて……。

それも、なぐり殺されたんだぜ。あんなやせっぽちの年寄りを死ぬまでなぐるなんて。いったいなんのうらみがあるってんだ。

天音が泣きそうな顔をしているのに気づき、又十郎は天音の肩をそっと抱き寄せた。

「与吉が殺されていた場所の近くにくずれかけた小屋があるのだが、どうも与吉はそこで暮らしていたらしい。川べりでたき火をして石をあたためていたところをなぐられたようだ」

どうしてそんな小屋なんかで……。歳をとって働けなくなり、長屋の店賃が払えなくなったのだろうか。

石は布で巻いて温石《おんじゃく》にして、少しでも暖を取ろうとしたのだろう。炭や付け木を売っていた与吉が寒い思いをしていたとはなんとも皮肉なことだった。

「小屋に残されていたわずかばかりの持ち物を調べても、身元につながるようなものはなにもなかった。奉行所も困っていたところだったんだ。ありがとう、又十郎」

伝兵衛が頭を下げたので、又十郎はびっくりしてあたふたしてしまった。

「いいえ、そんな。俺はただ、与吉さんや為蔵さんが気の毒だと思っただけです。伝兵衛様にお礼を言われるようなことはなにも」

「いいや、お手柄だぞ。仏の身元が分かったんだから」

「あのう……下手人は捕まったんでしょうか」

「まだだ。でも、手がかりはある」

「さしでがましいことをうかがってしまってすみません。下手人が捕まれば、与吉さんも成仏するかなと思って」

「なるほどな。それは成仏できるだろう。その絵姿をもろうてもよいか」

「それと与吉がとり憑いている長屋の場所と大家の名と住まい、与吉を知っている日向屋の番頭の名を教えてくれ」

「はい」

3

牡蠣をごちそうになってから三日後の朝、伝兵衛が巴屋へやって来た。

「与吉を殺《あや》めた下手人がわかった」

伝兵衛の前に正座をしている又十郎は、小さなため息をついた。よかった。これで与吉も成仏できる。

「浅草に久富堂《ひさとみどう》という菓子屋があるんだが、そこの富一《とみいち》という跡取り息子だ。道楽者で歳は二十六。深酒をしてしまったので酔いをさまそうと川べりに出たところ、与吉がたき火をしていたのが気に入らないと難癖をつけ、何度もなぐったらしい」

「ひでえ話ですね。気に食わねえってだけでなぐり殺すなんて。これじゃあ与吉さんは犬死だ」

腹が立った又十郎は、右のこぶしをぐりぐりとたたみに押し付けた。

「その富一って男も、自分が死罪になるとき、与吉さんの気持ちがわかるでしょうよ」

「それが、富一は死罪にはならぬのだ」

「えっ！　どうしてですか？　人を殺めているのに」

あまりに驚いたので声が裏返ってしまった。

「富一は、与吉を死ぬほどなぐったりはしていないと言うんだ。与吉の骸《むくろ》の側に根付が落ちておってな。その根付は象牙《ぞうげ》でできた桃で、突起を押すと桃が割れて中から桃太郎と犬・雉《きじ》・猿が現れるというからくり根付だったのじゃ。かなり値の張る珍しい物ゆえ、富一が持ち主だとすぐにわかった。ところが……」

伝兵衛は熱い麦湯をひと口飲んだ。

「富一の申し立てによると、根付と一緒に財布も落としたとのことだ。その財布が見つかっていないのなら、財布を盗んだやつがいるはずだ。与吉は気を失っていただけで、その盗人《ぬすっと》が与吉に見とがめられて殺した。というのが富一の言い分だ」

「そ、そんな馬鹿な……」

「それが富一は、財布に桃の根付をつけていた。それは皆が見ている。だから、根付だけ見つかるのはたしかにおかしいんだ。根付のひもはちぎれておらず、財布からはずされていた。与吉を殺した真の下手人がはずして財布だけを持ち去ったのだと考えれば辻褄《つじつま》が合う」

「でも、そんな高価な物なら、売れば大金が手に入る。根付をおいていったなんておかしいと思います」

「細工物の珍しい根付だぞ。売ればすぐに足がついて、人殺しの罪でつかまってしまう。だから根付はほうっておいたということじゃよ」

「それじゃあ、お上は富一の言い分を認めるんですか？」

「まあしぶしぶな。富一がうそをついているという証も今のところ出ておらぬし。それに富一の父親。つまり久富堂の主が、いろんな伝手《つて》をたどってなりふりかまわず金をばらまき、もみ消しにかかっているのだ」

「それじゃあ与吉さんは浮かばれません！」

伝兵衛が大きなため息をつく。

「わしにはどうしてやることもできん。すまぬ、又十郎……」

又十郎はあわてて頭を下げた。

「滅相もございません。つい大きな声を出しちまって、こちらこそ申し訳ございません」

又十郎は天音を手習い所から呼び戻し、伝兵衛とともに与吉のねぐらへ行ってみることにした。

小屋は古くてくずれかけていたが、ていねいに修理されていた。畳二枚分くらいの床に板切れを置き、その上に莚《むしろ》を二枚しいてある。

鍋の中に皿と茶碗と汁椀、湯飲みと箸《はし》が入っている。長屋に住んでいたときから使っていた物と思われた。他にも暮らしに必要な物がきちんと並べられていた。

与吉は几帳面《きちようめん》な性質《たち》だったのだろう。

「与吉は足を痛めて、付け木売りができなくなってしまったのだ。何とか他の仕事を見つけようとしたが、足の悪い年寄りにできる仕事はなかなかない。とうとう与吉は店賃が払えなくなって長屋を出た。二年前のことだ」

又十郎のはたらきで与吉の身元がわかったので、伝兵衛がもう手放しでほめてくれた。でも、又十郎が調べられなかったことをたった三日で調べ上げた奉行所は、やはりすごいと思うのだ。

「それから与吉は寺の床下やお堂、いろいろなところで暮らしていたらしい。ここを見つけて住み始めたのは半年くらい前のようだ」

小屋の隅に木箱があり、その上に位牌が置かれている。天音が位牌をそっと手に取った。

「声がする……。おじいさんの声だから、きっと与吉さんだと思う。『約束を守ったんだから、わしがそっちへ行くときは迎えに来てくれよ、お民』って言ってる」

「そっか……。与吉さんはお民さんとどんな約束をしたんだろうな」

亡くなってから二十年もの間、与吉はずっと位牌に向かって話しかけていたのだろう。だけど、お民が迎えに来るどころか、為蔵の家にとり憑いている。なんとか成仏させねえとな……。

突然、天音が莚をめくって板切れをのけ、小屋の隅に落ちていた木の枝で地面を掘り始めた。

「どうした、天音。手が汚れちまうぞ」

「あんちゃん、なにか声が聞こえる」

「なんだって！　よし！　俺が掘ってやる！」

しばらく掘り進めると、小さな油紙の包みが出てきた。包みの中に入っていたのは、千鳥の模様の平打ちの簪《かんざし》だった。

天音が簪を胸に抱き、目を閉じる。

「女の人の声……『お前さん、あたしの分まで長生きしておくれ。約束だよ』って」

又十郎はつぶやいた。

「お民さんとの約束ってのはこのことだったのか……」

天音が泣き出してしまったので、又十郎は驚いて背をさすった。しゃくりあげながら天音が言う。

「お民さんとの約束をちゃんと守ってたのに、与吉さん、殺されちゃってかわいそう……」

天音がわっと声をあげて泣き出した。又十郎の目からも涙があふれ出す。

又十郎は、天音をそっと抱き寄せ頭をなでた。伝兵衛がうしろを向き、鼻をすっている。

簪はお民がずっと髪に挿《さ》していたものなのだろう。だからお民の思いが宿っている。

お民が亡くなったあとは、形見として与吉が持っていたのだと思われる。土の中に埋めていたのは、盗まれることを危惧《きぐ》していたからではないか。

お民を亡くして気落ちしながらも、与吉が一生懸命働いていたのは、自分の分まで長生きしてくれという、お民との約束があったからだったとは……。

足を痛めて働けなくなり、こんなくずれかけた小屋に住んでいてさえ、与吉はがんばって生きていたのに。なぐり殺されるという、思ってもみない最期《さいご》をむかえた与吉……。

どんなに痛くて苦しかったことだろう。そして無念だったことだろう。

昨日、又十郎は長屋へ与吉の幽霊の様子を見に行ったのだが、やはり与吉は成仏してはいなかった。与吉が成仏するには、与吉を殺めた下手人が捕らえられ、きちんと仕置を受けねばならないのだ。

それなのに、久富堂の富一をお縄にできないとは……。なんとか手立てはないものか。

「久富堂の富一は素行の悪い男で、店の金を持ち出しては飲む打つ買うのし放題。おまけに傲慢《ごうまん》で底意地が悪いときている。富一にはひとつ違いの弟がおってな。勘太《かんた》という名だそうだ。この勘太は富一とは似ても似つかぬ真面目な男で、心根も優しいらしい。菓子職人になるため、店で修業中だそうだ」

又十郎は意外に思った。久富堂ほどの大店なら、次男は分家させてもらって新たに店をかまえるのが普通ではないだろうか……。

不審に思ったのが顔に出てしまったらしく、伝兵衛が苦笑を浮かべた。

「勘太は、菓子職人になってうまい菓子を作り、裏方として久富堂を支えたいのだそうだ。見上げた心がけよのう。店の者たちはもちろん、世間までが、富一より勘太が跡を継げばいいのにと思っているそうな。なんでも、富一は強きにおもねり、弱きをくじく男だとかで、評判が悪い。目下の者にも優しい勘太とは大違いだ」

「勘太って人は、なんだかすごいですね」

「たった一年、先に生まれるかあとに生まれるかで、天と地ほどの差があるのだから普通はひがんだり、自暴自棄になったりするものであろうな」

「俺はひとりっ子だから、そういう気持ちになったことはないんですが」

「ああ、それは同じ。わしもひとり息子なのじゃ。きょうだいは上も下も女子ばかりでな。姉上たちには頭が上がらぬし、妹も数が多いとかわいさがうすらぐのう。それになにかというと、すぐに女子どもで結託していたのだが、あれはまことに始末が悪い」

昔のことを思い出したのか、伝兵衛が顔をしかめる。子どもだったころの伝兵衛が、きょうだいたちの行いに閉口している様子を思い浮かべて、又十郎はふき出しそうになるのを必死にこらえた。

「だがなあ、こたびのことを金でもみ消しても、富一もただではすむまい。廃嫡《はいちゃく》するか勘当するか。とにかく久富堂の跡は継げぬのではないかのう。それくらいのことはせねば、皆が黙ってはおらぬだろうからな」
「ということは、勘太さんが店を継ぐんでしょうか」
「まあ、そうなるであろう。主自らが菓子を作る店は他にもあるゆえな」

又十郎、天音、伝兵衛は、久富堂へとやって来た。富一は謹慎させられているそうなので、もちろん会うことはできない。

だが、又十郎は店の雰囲気だけでも見ておきたいと思ったのだ。なるほど久富堂は大店だった。

間口は巴屋の三倍。さすがは大名家へも出入りしているだけのことはある。

客がひっきりなしに出たり入ったりしていた。繁盛している様子が見てとれる。
「富一の行状が表沙汰になっていないから、客の入りも変わらないんですね」

又十郎の言葉に、伝兵衛がかぶりをふる。
「いいや。富一のこと、うわさにはなっておるからのう。客足は落ちている。いつもなら長い行列ができるが、今日は並ばずとも菓子が買える」
「ええっ！　お客が減ってこれですか。すごいなあ……」

「まあ、人のうわさも七十五日と申すゆえ、またすぐ元に戻るであろうよ」

又十郎は久富堂を見上げた。こんな大店の跡継ぎとして甘やかされて育ったから、富一のような人を人とも思わないような者になってしまうのだ。

でも富一の弟の勘太って人は、気立ての良い真面目な人だって言ってたよな。あ、そっか。次男だから甘やかされてないのか。

でも、たったひとつ違いで、兄は大店の主なのに、自分は菓子職人って、うらやましかったり、くやしかったりしねえのかな……。

俺が勘太だったら菓子職人にはならねえな。分家させてもらって、商いをがんばって本店に負けないような大店にする……って、皆、そう思うんじゃねえか？

菓子職人より、分家した小さな店でも主のほうが絶対いいはずだ。勘太は欲がねえ人なのか。

待てよ。ものすごく菓子を作るのが好きなのかもしれねえ。自分で考えてこしらえた菓子を、お客さんがきれいだとかうまいだとか言ってくれたらうれしいし幸せだよな。

きっとそうだ。勘太は菓子を作るのが生きがいなんだ……。

菓子も買わず、いつまでも店の前で立っているのもはばかられるので、そろそろ帰ることにした。

「今日は鴨鍋を食わせてやろう。うまいぞ」

「ありがとうございます」

伝兵衛様にはいつもごちそうになっちまって申し訳ねえけど、鴨かあ……。うまそうだな。

ふと目をやると、餅菓子らしきものをたくさん板の上にのせ、職人が横手の入り口から店の中へ入って行った。

「あんなにたくさんの菓子……。やっぱりよく売れてるんだな。……天音、どうかしたのか?」

又十郎は眉をひそめた。天音が真剣な表情で、職人が入って行った入り口のほうを見つめている。

そしてさっきの職人が出てきたとたん、天音がそちらへ駆けだした。又十郎はあわててあとを追う。

「あのっ! すみません!」

天音が大声で職人を呼び止める。職人はけげんそうな顔で立ち止まった。

二十半ばくらいで背が高い。なかなかの男前だ。職人は、人好きのする笑顔を浮かべた。

「どうかしたのかい？」

「……下駄《げた》を見せてもらえませんか？」

「下駄？　俺の？　どうして？」

なにかを言いかけた天音が、はっとした様子で口をつぐむ。

「うちの妹がすみません」

又十郎は天音の肩にそっと手を置いた。天音が安堵《あんど》の表情を浮かべる。

「実は、ふたりでおとっつぁんの下駄を買いに来たんですが、妹がなかなか気に入らなくて。俺はどれも一緒だと思うんですが、こいつはそうじゃないらしく」

職人は「ははは」と笑って天音の頭をなでた。

「で、俺のはいてる下駄が気に入ったってわけだ」

天音がはにかみながらこくりとうなずく。

「申し訳ございませんが、見せてやっていただけますでしょうか」

「お安い御用さ」

職人が下駄をぬいで、天音に差し出した。天音は下駄を受け取るとしばらくじっと見つめた。

「ありがとうございました」

礼を言って天音が下駄を返す。

「つかぬことをおうかがいいたしますが、この下駄はどこの店で買われたのでしょうか」

「うちの店の前を向こうへ行った角にある二八屋《にはちや》だ。俺は、歩けるようになってから、ずっと二八屋の下駄をはいてる。まあ、久富堂の御用達《ごようたし》ってわけさ」

「もしかして、久富堂さんの息子さんですか？」

又十郎に聞かれて、職人はにっこり笑った。

「そうだよ。でも、息子っていっても次男坊で、見ての通り菓子職人の修業中ってわけ」

これが勘太かと思いながら、又十郎は頭を下げた。

「知らぬこととは申せ、失礼いたしました。おかげさまで、父に良い下駄を買うことができます。ありがとうございました」

「いいってことよ。そうそう。やっと俺のこしらえた菓子が、今度店に並ぶんだぜ。『雪待』って名で、すっげえうめえぞ。嬢ちゃんも買いに来ておくれ。じゃあ、元気でな」

天音の頭をなで、勘太は笑顔で立ち去った。

「あれが勘太か。感じの良い男じゃのう」

「はい。……天音、下駄からなにか聞こえたのか？」

天音の顔をのぞき込んだ又十郎は驚いた。天音が目に涙をため、泣くまいと歯を食いしばっているのだ。

たちまち伝兵衛が厳しい顔つきになる。三人は無言で、足早に久富堂から離れた。

「天音、大丈夫か」

道端でひざをつき、又十郎がたずねると、天音はこくりとうなずいた。

「下駄の声はなんて言ってた？」

「『人殺し！』ってなんべんも叫んでた。……与吉さんの声だった」

泣きながらしがみついてきた天音を、又十郎はしっかり抱きしめた。

さすがの伝兵衛も絶句している。

天音は与吉のねぐらの小屋で、お民の位牌に宿っていた与吉の声を、ついさっき聞いたばかりだ。下駄から聞こえた声が与吉のものだというのは間違いないだろう。

天音は勘太の下駄が気になった。たぶんだれかの声が聞こえる気がして、後先を考えず声をかけてしまったのだ。

又十郎はそのあたりの事情を察したので、父親の下駄を買いに来たと助け舟を出した。でも、まさか、与吉の声が聞こえたとは……。

勘太の下駄に『人殺し！』と叫ぶ与吉の声が宿っていたということは、勘太が与吉を殺したということだ。

「又十郎、角の二八屋へ行って、勘太がはいていたのと同じ下駄を買ってきてくれ。天音はわしが見ていてやるから」

「下駄を買いに行ってもろうたのは、与吉の着物の背に泥の筋が二本ついていたのを思い出したゆえじゃ」

又十郎は伝兵衛の話を聞きながら、背中の天音をゆすり上げた。天音がひどく疲れている様子だったため背負ってやったら、すぐに寝てしまったので帰ることにしたのだ。

無理もないと又十郎は思った。はからずも与吉の断末魔の叫びを聞いてしまった。しかも与吉を殺した勘太の目の前で。

又十郎もびっくり仰天したが、天音はもっと大きな衝撃を心に受けたことだろう。又十郎は天音のことがかわいそうでならなかった。

伝兵衛がそっと天音の頭をなでる。

「勘太の下駄から、与吉の『人殺し！』という叫び声がするのを天音が聞いたおかげで、勘太が下手人なのは間違いない。だが、声が聞こえたことを勘太に示すのも信じさせるのも不可能じゃ。だから、あやつが見えて納得できる証を突きつけ、白状させねばならぬのだ。……おそらく泥の筋は、この下駄の歯とぴったり合うはず」

「勘太は与吉さんの背中を踏んづけたということですね」

「そうじゃ。だがわからぬことがふたつある。ひとつは、勘太は与吉をどのようなやり方で殺めたのかということ。そしてもうひとつ。なぜ勘太は富一の根付だけを残して財布を持ち去ったのかということ」

「背中をおもいきり踏みつけられて、背骨が折れたりしたら死んでしまうでしょうか」

「それは死ぬであろうが、もしそうだったら背中にあざができるであろうし、背骨が折れているかどうかはさわればわかる。与吉の背中にはあざも骨折もなかった」

「長屋に憑いている与吉さんの幽霊は、ずっとがたがたふるえているんです。表情から見て怖がっているようなので、よっぽど怖い目にあって死んだのだと思っていたのですが……」

そのときひゅーっと音を立てて風が吹き、そのあまりの冷たさに、又十郎は身を縮めた。

「あっ！」

「どうした、又十郎」

「与吉さんは寒くてふるえていたのかもしれません。っていうか、寒いと思いながら亡くなった」

「まあ、冬じゃからのう」

「もっと寒い目にあったんです。きっと……」

又十郎はうつぶせになって勘太に背中を踏みつけられている状態を頭の中に描いてみた。これで寒いってのはどういうことなんだろう？

場所は川べり……濡《ぬ》れたのかな。でも、川につかっていたわけじゃない。……もしかして！

「伝兵衛様、人って水の浅いところでも溺《おぼ》れ死にますか？」

「ふむ。たとえ一寸でも、鼻と口が水につかって息ができなければ、死んでしまうであろうな」

「それだ！　潮が満ちると、川の水かさが増して、与吉さんが亡くなっていたあたりにも水が来ることがあるんです。だから勘太が背中を踏みつけ、手で頭を押さえて顔を水につけたので、溺れ死んだんじゃないでしょうか。冷たい水につかってさぞ寒かったでしょう。そして潮が引けば川の水も引いてしまいますから、溺れ死んだのがわからなかったってことかもしれません。たしかあの日は大潮《おおしお》だったと思うので……」

「なるほど！　よう考えついたのう、又十郎。土左衛門ならばひと目で溺死とわかるが、顔がつかるくらいの水で溺れた骸はわしも見たことがない。それにそもそも浅い水で溺れるなど思いもよらぬことじゃ。おそらく与吉の着物は濡れておったであろうが、川べりで死んだという状況ゆえ、誰も不審は覚えなかったようだな」

「でも、財布のほうは見当がつきません」

「ふむ、そちらは勘太本人に聞いてみるとしよう」

4

久富堂から戻って四日ののち、又十郎と天音は八丁堀《はっちょうぼり》にある伝兵衛の屋敷へ呼ばれた。伝兵衛が妻の多恵《たえ》と住まう離れの座敷に通される。

ほどなく伝兵衛が現れた。

「寒かったであろう。まずは飯を食え」

多恵と女中が運んできた折敷《おしき》には、丼と汁椀《しるわん》がのっている。丼は、甘辛く煮た鴨肉甘辛く煮た鴨肉とネギを卵でとじ、汁ごと飯の上にかけまわしてあった。汁椀の中身はけんちん汁である。

又十郎は丼を持ち、大口を開けてほおばった。鴨肉とネギの相性は抜群で、そこへふわふわの卵とうまみのとけこんだ汁が飯にからむ。

「ほわわ、う、うめ……おいしゅうございます！」

丼一杯の飯が、茶漬けを食うかのごとく、たちまち腹の中へおさまった。又十郎は満足の吐息をもらしながら、けんちん汁に箸をつける。

こちらもまた、たまらぬ美味である。天音も幸せそうな顔をして、夢中になって食べている。

「ふたりとも、ほんによい食べっぷりだこと。見ていて気持ちがようございます。お代わりをお持ちいたしましょうね」

「ありがとうございます！」

二杯目はゆっくりと味わいながら食す。

「ごちそうさまでした。飯も汁も大変おいしゅうございました」

頭を下げる又十郎と天音に、伝兵衛と多恵がほほえむ。

多恵が下がると、伝兵衛は居住まいを正した。眼光がにわかに鋭くなる。

又十郎も背筋を伸ばした。

「与吉を殺めたのは、やはり勘太であった。与吉が気を失ったのを死んだと勘違いした富一があわてて逃げたあと、勘太が背中を踏みつけておいて両手で頭を押さえ溺死にさせたのだ。又十郎が考えた通りであった」

「勘太はどうして川っぺりになんかいたんでしょうか」

「それがなあ。勘太はふた月ほど前から、毎日のように与吉の様子を見に行っていたらしい。それも与吉を案じてというのではない。くずれかけた小屋に住む哀れな年寄りに比べたら、俺の境遇のほうがずっとましだと、己をなぐさめていたそうな」

「うまく言えませんが、勘太に腹が立ちます。与吉さんをさげすんでいるだけの気がして。この寒空に難儀している年寄りを、ただずっと見てただけだなんて……」

食べ物や着る物や銭を、めぐんでやろうとは思わなかったのだろうか……。それともうひとつわかったことがある。

勘太はやはり兄の富一がうらやましかった。誇りをもって胸を張って、菓子職人をやっていたわけじゃなかったんだ。

「あの夜も与吉の様子を見に行ったら、なんと泥酔した富一が与吉をなぐっている。これは面白いと見物していたそうな」

兄弟そろってなんという人でなしだろう。又十郎はくちびるをかみしめた。

「与吉は死んでいるように見えた。それに、もしまだ息があるとしても、今日はじきにこの場所は水が上がってくる。そうすれば顔がつかって溺れるだろうからどっちみち死ぬ。これは富一を追い落として自分が店を継ぐ絶好の機会だと思ったんだそうだ。それでそばに落ちていた富一の財布から根付をはずして与吉の背に置き、財布は自分の懐にしまった」

茶をひと口飲んだ伝兵衛がため息をつく。

「富一が人を殺めたとなれば、久富堂はつぶれてしまう。そうなったら自分が店を継ぐことはできない。だから、財布を盗んだ者が与吉を殺したように見せかける必要があった。富一は父親が金をばらまき全力でもみ消しにかかるだろうから店は助かる。そして、富一は廃嫡され、晴れて自分が久富堂を継ぐ。これが勘太が考えた筋書きだ」

与吉が死んでいるらしいのを見て、自分が得をするように策を練るなんて……。これは、勘太にとって、与吉は死んでもかまわない虫けらのような存在だったということなのではないか。

「潮が満ちて水が上がってきたのを確かめた勘太が立ち去ろうとしたとき、与吉が咳《せ》き込んで覚醒《かくせい》した。水を吸い込んでしもうたのだな。てっきり死んだものと思っていた与吉が生きていたため動転した勘太は、咄嗟《とっさ》に与吉の背を踏みつけ、溺死させてしもうたのだ」

天音の目から涙がぽとぽとと落ちる。又十郎は天井を仰いで嘆息した。

勘太が帰ってから覚醒していれば、与吉は殺されずにすんだのだ。いや、だめだ。覚醒するのが遅れれば、満ちてきた水で溺死しただろう。

結局どちらにしても、与吉が死を免れることはかなわなかった。なんということだ。

「勘太は、もうこれで自分もおしまいだと、たいそう後悔していた。素行の悪い富一はきっとそのうち勘当される。だから、跡継ぎの座がいつ転がり込んできてもいいように、十年以上もの間、よくできた次男坊のふりをしてきた。その努力もすべて水の泡になってしまった。どうしてあせってあんな浅はかなことをしてしまったのか。悔やんでも悔やみきれない、と」

「与吉さんにすまないとか、申し訳ないとかは思ってないんでしょうか」

「今はそのようだ。時がたてばまた違うのやもしれぬが……。次男坊でも大店の息子の勘太にしたら、与吉のような文無しの年寄りなど、取るに足らぬ者なのであろうかのう。いやはや、こうなってみると、富一も勘太も、無慈悲な似た者兄弟であったのだな」

又十郎の目から涙があふれた。与吉がかわいそうなのと、悔しいのと……。勘太のあまりに勝手で傲慢な考え方に、又十郎は猛烈に腹が立った。

「そうそう。久富堂では勘太が考案した新しい菓子を、近々売り出すことになっておったよのう。それがおじゃんになってしまったと残念がっていたそうだ」

「下駄を見せてもらったあと、別れ際に勘太がとびっきりの笑顔で、自分のこしらえた『雪待』って菓子が今度店に並ぶって言ったのが忘れられません。もしかすると勘太の職人としての心は本物だったのかもしれない。でも、雪待はもう誰も食べられない幻の菓子になってしまった……。寂しいですね」

「そうよなあ。菓子に責めはないが……。ただ先に生まれたというだけで、愚鈍《ぐどん》な兄が家を継ぐということが、弟にとっては、もう心が焼き切れてしまうほど腹が立ち、また、つらいことなのであろう。それが久富堂ほどの大店ならなおさらじゃ。ずっと積み重なってきた怒りややりきれなさが、あの川っぺりではじけてしもうた。その心情はわからぬでもないが、人を殺めるなどもってのほか。それとこれとは断じて別儀でなければならぬ。これからお仕置きまでの間、勘太には、与吉を殺めた己の罪を猛《もう》省《せい》してもらわねばな」

「やはり勘太は死罪になるのですね」

「うむ。そして久富堂も闕所《けっしょ》が言い渡され、なにもかも没収されることとなる」

これで与吉も成仏できるに違いない……。

「それとこたびのこと、又十郎と天音のはたらきはまことに天晴《あっぱ》れであったと、お奉行様よりご褒美《ほうび》を賜《たまわ》った」

伝兵衛が懐紙の上に一両小判を三枚並べた。

「ご褒美などいただくいわれはございません」

「なにを申す。そのほうらのおかげで勘太をお縄にできたのだぞ。あと、これまでふたりが何人もの霊を成仏させたことに、お奉行もたいそう感心されてな。褒《ほ》めてとらすと仰《おお》せじゃ。遠慮することはない」

「では、この金で与吉さんとお民さんを供養してもらいます」

又十郎は、与吉が小屋で使っていた箸と、お民の簪と位牌をもらってきていたのだ。天音も大きくうなずいた。

「又十郎も天音も欲がないのう。まあ、好きにいたせ」

伝兵衛の屋敷を辞した又十郎は、一旦巴屋に戻り、与吉が憑いている浅草の長屋へひとりで向かった。

幸いなことに、与吉の幽霊は成仏していなくなっていた。

又十郎は、勘太がお縄になった次第を為蔵に語って聞かせた。

「為蔵さん、今日はお酒飲んでないんですね」

今日の為蔵は素面《しらふ》で、酒の匂いもしない。目を赤くした為蔵は、鼻をすりながら答えた。

「与吉さんが、お民さんとの約束を守っていたって言うのをこの間又十郎に聞いただろう。なんだか俺、飲んだくれてる自分が恥ずかしくなっちまってさ。もう酒を飲むのはやめたんだ」

「それはよかった。きっとお咲さんも喜んでますよ」

「うん、俺もそう思う。あのさあ、ひとつ頼みがあるんだ、又十郎。お前が預かってるっていう与吉さんの箸と、お民さんの位牌と簪を俺にくれねえか。俺、与吉さんの位牌も作ってもらって、お咲の位牌と並べて供養しようかなって思ってるんだ」

「あっ、そうか。与吉さんとお民さんは、この家で幸せに暮らしてたんだから、きっとふたりとも喜びますよね。いい考えだ。為蔵さん、ありがとうございます」

又十郎は懐から、懐紙に包んだ三両を取り出した。

「これで供養してもらってください」

「こんな大金、もらえねえよ。俺にだって蓄えはあるから大丈夫だ」

「この金は、お奉行様からいただいたご褒美で、もともと与吉さんとお民さんの供養に充《あ》てるつもりだったんです」

為蔵はしばらく逡巡《しゅんじゅん》していたが、やがて深々と頭を下げた。

「それじゃあ、金はもらっておく。ありがとう。ふたりの位牌があったらよ。もう二度と酒びたりにならねえで生きていけそうな気がするんだ。お咲が死んだからって、俺とお咲の絆が切れるわけじゃねえんだ。与吉さんとお民さんみたいにな」

又十郎の目から涙がぽろぽろとこぼれ落ちる。

十日ののち、又十郎は天音を連れて、再び為蔵の家を訪れた。

経机の上には、お咲の位牌の隣に、お民の位牌と真新しい与吉の位牌が並んでいる。与吉の箸とお民の簪もあった。

又十郎は持参した饅頭の包みを供え、天音とともに線香をあげて手を合わせた。

麦湯の入った湯飲みを持って来た為蔵が、小判を三枚又十郎のひざのまえに置く。

「俺の菩提寺の深川《ふかがわ》の正源寺《しょうげんじ》で供養してもらったんだけど、事情を話したら、ご住職が金はいらないって言ってくれて。だから返す」

「それはありがたい話だ……。でも、この金、どうしよう」

「又十郎と天音がもらった褒美の金なんだから、ふたりが持っときゃいいだろ」

「じゃあ、こうしましょう」

又十郎は小判を一枚為蔵の前へ置き、残りの二枚を懐にしまった。

「おいおい、俺はもらういわれはねえぜ」

為蔵が戻そうとするのを、又十郎は手で制した。

「為蔵さんが、湯飲みの水がゆれるって言ってくれたのがきっかけで、下手人が捕まったんですから。どうぞおさめてください」

「いや、でも……」

なおも渋る為蔵のひざの上に、天音が小判を置く。

「え？　まいったなあ……。じゃあ、遠慮なくいただくことにする。ありがとう」

為蔵は小判を押し頂くようにしてから経机の上に置いた。

よかった……。ほっとした又十郎は麦湯をひと口飲んだ。

天音が立って行って、部屋の隅に置かれている小箪笥を真剣な面持ちで眺めている。

「それをかついであちこちまわるんだ。引き出しの中に刻莨《きざみたばこ》が入ってる。そろそろまた商いを始めようと思ってな。質屋から受け出してきた」

「女の人の声が聞こえる！」

又十郎と為蔵は顔を見合わせ立ち上がった。

「『今日も為蔵さんがしっかり稼いで、無事に帰ってきますように』って」

「お咲……」

小箪笥を抱えた為蔵の目から涙があふれ出る……。

# 第三話　親子月

1

もう師走《しわす》になっちまった。一年が過ぎるのはほんとに早《はえ》えなあ。店番をしながら又十郎はため息をついた。

子どものころは、もっと一年が長かった。時の流れはいつも同じだから、今はそれだけ商いに追い立てられているということなのだろう。

店をたたんだりすることなく、無事に新しい年を迎えることができるのは大変ありがたい。又十郎と天音が幽霊騒ぎを解決して読売に書かれたことで新しい客が増え、商いが少し上向きだったのもうれしい。

そう。今年はほんとうに思いがけなく、又十郎にはかわいい妹ができた。だが、こちらは手放しでは喜べない。

天音が親きょうだいを全部亡くしているからだ。あれからもうすぐ一年……。

正月を迎えるということは、落雷にあった『あの日』がやってくるということだ。

天音はどんな気持ちでいるのだろう。

あいかわらず無口な天音の胸の内を、又十郎は思いやった。

〈にゃーん〉

甘えてひざの上に上がってきた小太郎を抱き、又十郎は小太郎の頭の上に自分のあごをのせた。小太郎が爪を引っこめた前足で又十郎のほおをさわる。

夏に生まれたのをもらった小太郎もずいぶん大きくなった。

「天音はすごくつれえだろうから、なぐさめてやってくれよ。頼んだぞ、小太郎」

小太郎を抱いたまま土間へ下り、外をのぞいた又十郎は眉をひそめた。四つくらいの男の子がしゃがみこみ、地べたに木の棒でなにやら熱心に描いている。

又十郎がさっき外を見たときも男の子はいた。巴屋の前で人待ち顔で立っていたのだ。

あれから四半刻《しはんとき》（三十分）は経過している。家の者と買い物に来たのだと思っていたが、この寒空に幼い童を長らく待たせたりしないだろう。

それにこの人出の多いときだ。子はしっかり自分の手元に引き付けておくのが親というものではないだろうか……。

抱いていた小太郎を店の土間におろし、又十郎は男の子に走り寄った。

又十郎がそばへしゃがむと、男の子が顔を上げた。まるで役者の子かと思うように目鼻立ちが整っている。

おや？　どこかで……いや、違うな。きっと役者の誰かに似てるんだ。だから会ったことがあるみてえな気がするんだろう……。

「坊や。ずっとさっきからいるけど、おっかさんを待ってるのか？」

男の子がかぶりをふる。

「だれか迎えに来るんだろ？」

また男の子がかぶりをふった。

「いったいどういうことだ。迷子……でもねえよな。ええっ！　ひょっとして捨て子か？」

もうどうにもならなくて子を捨てるというのは、世の中にままあることだ。まして年の暮れである。

たとえば、かさんだ借金を返すめどが全然立っていないのに、大晦日《おおみそか》の返済期限がきてしまうとする。新しい年を迎えるどころの話ではない。もうにっちもさっちもいかぬとなればどうするか。

首をくるぐらいなら、一家で逃げるほうがずっとましにきまっている。もとより家財などありはしないので、着の身着のままで家を出ればすむことだ。

ひょっとして、夜逃げに幼子が足手まといだったのだろうか。又十郎は心の中でため息をつきながら、笑顔を作った。

「このままここにいちゃ、寒くて風邪ひいちまうから、俺んちへ行こう。なんかあったかいもんをこさえてもらって食おうな」

又十郎は男の子を抱き上げた。ほおも手も、すっかり冷たくなってしまっている。

「ごめんな。もっと早く気づけばよかった」

「おっかさん、こいつに――」

「もうっ！　又十郎ったら、店ほっぽりだしてどこ行ってたんだい……。あら、かわいいねえ。どこの子だい？」

「それが……捨て子かもしれねえ」

「ええっ！」

お勝が口をぽかんと開けた。目がまん丸になっている。

「ひとりでずっとうちの店の前にいたみてえなんだ。かわいそうに、すっかり体が冷えちまってる。なにかあったかいもんをこさえてやってくれねえか」

「わかった。じゃあ待ってる間、火鉢で手をぬくめてやりな。やけどさせないように気をつけるんだよ」

お勝があたふたと奥へ引っ込む。又十郎は男の子をひざに抱き、帳場の火鉢に男の子の両手をかざした。

「あったかいだろう。ちっちぇえ手だなあ。天音の手がたいがいちっちぇえと思ってたけど、ずっとずっとおめえの手のほうがちっちぇえや。あ、そうだ。まだ名を聞いてなかった」

又十郎は男の子の顔をのぞき込んだ。

「なんて名だ？」

「ちゃたろう」

「茶太郎、歳はいくつ？」

茶太郎が手の指を四本出した。

「四つかあ。俺は又十郎。歳は十七だ。よろしくな」

こくりとうなずく茶太郎の頭を、又十郎は優しくなでた。お前のおっかさんとおとつぁんは、いったいどこへ行っちまったんだろうな……。

「はい、できたよ。あたしは昼餉の用意をしなきゃならないから、坊やに食べさせてやっとくれ、又十郎」

「わかった。よかったなあ、茶太郎。うまそうだぞ」

「茶太郎？」

お勝が不思議そうにつぶやく。

「この子に名を聞いたらそう言ったんだ。歳は四つだってさ」

「ちゃあ坊、ちょっとこっちにおいで」

お勝が茶太郎を抱きしめてほおずりをした。茶太郎がくすぐったそうに笑う。

「あかじみてもないし、血色もいいし、やせてもいない。着物だってきれいに洗ってあるし、ほころびをつくろったり、つぎをあてたりもしていない。暮らしていけなくて捨てられたとはとても思えないけどねえ……」

「やっぱり迷子かな」

「でも、こんな小さい子の足じゃ、そんなに遠くまで歩けやしないから、親が血眼《ちまなこ》になって探してりゃ目につくだろうよ。それにすぐうわさにもなるだろうし」

「かどわかしから逃げて来たとも思えねえしな」

「下手な考え、休むに似たり。昼餉がすんだらちゃあ坊を連れて大家さんのところへ行っといで。しばらくうちで預かりますって」

「よかったなあ、ちゃあ坊。じゃあまずは飯を食おうな」

お勝が運んできた折敷の上には、雑炊が入った丼《どんぶり》と麦湯が入った湯飲みがのっていた。丼からはほかほかと湯気が立っている。

又十郎は木の匙《さじ》で雑炊《ぞうすい》をすくい、息を吹きかけて冷ました。

「青菜のきざんだのと、昨日の夕餉《ゆうげ》のおかずだったハゼの煮つけのほぐしたやつが入ってるぞ。うまそうだな。ほれ、ちゃあ坊、あーん」

雑炊をほおばった茶太郎が笑顔になる。

「うまいか」

うなずく茶太郎に、又十郎は目を細めた。かわいいなあ。天音とはまた違うかわいさだ。

こんなこと考えちゃいけねえけど、天音みたいに、ちゃあ坊が巴屋の子になればいいのに。今年はいつもより少しもうかったから、ちゃあ坊ひとりくらいなら増えても食っていける。

ちゃあ坊がうちの子になったら、俺には弟だ。天音も弟ができたらうれしいんじゃねえかな。

うん、きっとそうだ。だって前の家でだって、巴屋でだって、天音が一番年下だもの。たいていそういうときは、弟や妹がほしいものだよな。

よし、来年はもっとがんばって働くぞ！

雑炊をたいらげた茶太郎の口のまわりを、又十郎は手ぬぐいでふいてやった。腹がいっぱいになった茶太郎は眠そうだ。

「腹の皮がつっぱれば、まぶたがゆるむってね。ほれ、茶太郎。あんちゃんが抱っこしてやるからな」

又十郎に抱かれると、茶太郎はすぐに眠ってしまった。又十郎は折敷を台所にいるお勝にわたした。

「ごちそうさま。茶太郎のやつ、食ったらすぐ寝ちまった」

「かわいそうに、ずいぶんお腹がすいてたんだろうね」

お勝が眠っている茶太郎の鼻をちょんとつつく。

「ちゃあ坊はほんにかわいい顔してること」

「……なあ、おっかさん。ちゃあ坊の親が見つからなかったら、うちの子にしねえか。俺、一生懸命働くからさ」

「そうだねえ。これもなにかのご縁かもしれないし」

「やった!」

一瞬目をさました茶太郎がうす目をあける。

「馬鹿だねえ。大声出すんじゃないよ」

お勝ににらまれて、又十郎は首をすくめた。

「ごめんよ、茶太郎」

又十郎が帳付けをしながら店番をしていると、手習い所へ行っていた天音が、昼餉を食べに戻って来た。

「ただいま!」

天音の声に、又十郎の腕の中で眠っていた茶太郎が目を覚ます。

「……あれ? どこの子? ごめん、起こしちゃったね」

「いいってことよ。もうそろそろ起きて昼飯食わなきゃだもんな、ちゃあ坊」

「ちゃあ坊?」

「茶太郎っていうらしい。歳は四つ。……たぶん捨て子だ」

「ええっ！」

天音がその大きな目をさらに見開く。

「親が見つからなかったら、ちゃあ坊はうちで引き取る。天音に弟ができるってわけだ」

「それ、ほんとう？」

「俺がたのんだらおっかさんはもとより賛成だったんだけど、さっき帰って来たおとっつぁんもいいって言ったから、決まりだな。あ、うっかりして天音の考えを聞いてねえけど……」

「あたしは弟ができるのうれしい！」

天音がすごい勢いで言ったので、又十郎はちょっと驚いた。すぐに天音がはにかむ。

「……すごくうれしい。ずっと弟か妹がほしかったから」

「そっか。じゃあよかったな」

「うん。抱っこしてもいい？」

「おう。ほれ、ちゃあ坊、天音姉ちゃんだぞ」

「……あまねえたん？」

「そうだよ。あまねえたんだよ。ちゃあ坊はかわいいお顔してるねえ」

抱きとった天音が、しげしげと茶太郎の顔を見つめる。茶太郎がにっこり笑った。

「……さっきからずっとだれかに似てると思ったら、佐吉さんだ」

天音のつぶやきを聞いて、又十郎は自分の頭の中がぴかっと光った気がした。胸が苦しくなって、どくどくと心の臓が暴れ出す。

「ちょっとごめんよ」

天音から茶太郎を取り返して、又十郎は茶太郎の顔をじっと見た。おそらく、又十郎の必死な顔が面白かったのだろう。

茶太郎がくしゃりと笑った。又十郎は「あああああっ！」と叫んだ。

茶太郎を抱いたまま、又十郎は奥の部屋へと走った。天音があわててついて来る。

「おとっつぁん、おっかさん、大変だ！」

「どうした。茶太郎が具合でも悪いのか」

煙草を吸っていた平助が腰を浮かす。お勝が台所から顔をのぞかせた。

又十郎はずかりと腰を下ろした。

「ちゃあ坊はきっと佐吉さんの子だ」

「ええっ！」

残りの三人が同時に叫ぶ。

「だってほら。そっくりだぜ」

又十郎は茶太郎を平助とお勝のほうに向けて立たせ、わきの下をくすぐった。茶太郎が身をよじって笑う。

「笑うとまさに佐吉じゃ……」

「ほんとそっくり。瓜ふたつだ。いやね、最初にちゃあ坊を見たとき、どこかで会ったかなって思ったんだよ」

「俺もそうだったんだ。でも、天音が、佐吉さんに似てるって言うまでわかんなかった」

「それは天音のお手柄だねえ」

「でかしたぞ、天音」

天音が照れてうつむく。

「……あっ！」

又十郎は茶太郎を天音にわたした。

「ちょっと抱いててくれ」

又十郎は懐から矢立《やたて》と紙を取り出すと、さらさらと絵を描いた。

「ちゃあ坊、これ、なんだ？」

小首をかしげていた茶太郎が、にっこり笑って叫んだ。

「おちゃかな！」

「やっぱり……」

又十郎は小さくため息をつく。

「どういうことだい？」

お勝がじれったそうに言った。天音と平助も物問いたげなまなざしを又十郎に向けている。

「ちゃあ坊はまだちっちぇえから、『さ』がうまく言えなくて『ちゃ』になっちまうんだ。だから『さかな』は『ちゃかな』。そう考えると、ちゃあ坊の名は『茶太郎』じゃねえ。きっと『佐太郎《さたろう》』なんだ。佐吉さんから一字取って……」

「佐太郎か。なるほどなあ」

「佐太郎ならしっくりくるねえ。茶太郎ってのはちょっと……」

平助とお勝の言葉に、天音がふむふむとうなずいている。

「佐太郎は佐吉さんの子ってことで、皆、異存はねえか」

「間違いあるまいな」

「これだけ似てりゃあね」

「あたしもそう思う」

又十郎はため息をついた。佐太郎の身元がわかったのは良いが、また別の困りごとが出てきてしまった。

以前の佐吉は、ずいぶんたくさんの女子と付き合ったのだと言っていた。付き合ったといえば聞こえがいいが、さんざん貢《みつ》がせておいて平気で捨てたりとずいぶん無体《むたい》なことをしていたらしい。

ああ、そういえば、幽霊になって佐吉の家に憑いていた女子を殺めたのではないかと疑われたとき、――思えばあれが佐吉との出会いだったのだが――女が身ごもったら、すぐに女の前から姿を消すのだと弁解していた。

自分の住まいをけっして女に明かしていないから、通うのをやめて界隈に近づかないようにすればそれっきりになるのだとまくしたてていたっけ……。

だから女子は、皆、泣き寝入りで、子はひとりで育てるか、堕《お》ろすか、里子《さとご》に出すかそんなところだという佐吉の言葉に、伝兵衛が外道《げどう》だとあきれていたのを、又十郎は思い出した。

たぶんおそらくきっと絶対、そんな女子たちのうちのひとりが、佐太郎を置き去りにしたのだ。改心したとはいえ、女に誠のない仕打ちをした佐吉の罪は消えぬ。ひとりで子を産み育てるのは並大抵の苦労ではない。佐吉が困り果てるのを知っていて仕返しをしたのだろう。

佐吉は背負い小間物屋を生業にしている。商いをしている佐吉を見かけてあとをつければ、住まいであるこの長屋を突きとめるのはそれほど難しいことではないはずだ。

どこの子かわかんねえけど、かわいいからもらっちまおうってほうが、佐太郎にとってもうちにとってもよかったかもしれねえな……。

天音がぽつりと言った。

「さぁ坊は佐吉さん家《ち》に行っちゃうの？」

……しまった！　天音のやつ、弟ができるって喜んでたから。

「佐吉さん、引き取るかなあ……」

思案顔の天音にお勝がほほえむ。

「さあ、どうだろうね。男手ひとつでこんな小さい子を育てるのは無理だし、第一仕事ができゃしないよ。里子に出しちまうかもしれないね」

「そうなったらどうするの？」

「そりゃあ、うちにもらうさ。佐吉さんも毎日会えるしね」

「よかった」

「さあ、昼ご飯にしよう。すっかり遅くなっちまった。早く食べないと、手習いに遅れちまうよ、天音」

丼によそった飯の上に納豆とハゼの煮つけを置き、その上から味噌《みそ》汁をかけてかき込んだ天音が、口元をぬぐいながら店を飛び出して行く。

「いってきます」という声が、空っ風にのって耳に届いた。

「天音のやつ、奇怪なものを食っていったよな、おっかさん」

又十郎の言葉に、湯で濡らした手ぬぐいで佐太郎の顔をふいてやっていたお勝が吹き出す。

「ほんとだね。まるで小太郎のご飯みたい」

「まあ、腹の中に入れば、皆、混ざるゆえな」

「そりゃそうだけど。あらあら、さぁ坊。お顔もおてても納豆でべたべただ」

「べたべたーっ」と言いながら、佐太郎がうれしそうに笑った。

「すまねえ。俺が目をはなしたすきに、手でつかんで食っちまったから。箸がちゃんと使えねえみたいだ」

「まだ四つだもの」

平助が煙草をくゆらせながら目を細める。

「天音は、佐太郎のことをたいそう喜んでおったな」

「あいつ、弟か妹がずっとほしかったらしい」

「四人姉妹の末っ子だったからねえ」

「あっ！　にゃんにゃん」

外から帰って来た小太郎を見て、佐太郎が大喜びで駆け寄った。びっくりした小太郎がかたまってしまっている。

「にゃんにゃん、いい子、いい子」

小太郎が佐太郎をひっかくのではないかと又十郎はひやりとした。しかし、小太郎はがまんして佐太郎になでられている。

「この知らないやつをはやくどけて」と、小太郎が必死になって目で訴えているのがわかったので、又十郎は佐太郎を抱き上げた。

「これは天音姉ちゃんのにゃんにゃんだから、勝手にさわっちゃだめだ。ひっかかれてさぁ坊は痛い痛いになっちまうぞ」

「おててが痛い痛い？」

佐太郎が自分の手をさわりながら顔をしかめて聞く。又十郎は急に佐太郎がいとおしくなって、きゅっと抱きしめた。

## 2

又十郎は空を見上げた。とうに日は沈み、白いものが落ちてきてまつげにくっつく。

「寒いと思ったら、降ってきやがったな」

又十郎が店に戻ると、手習いからすっ飛んで帰って来た天音と、昼寝から起きた佐太郎がかりんとうを食べていた。

天音がかりんとうの袋をわたしてくれたので、又十郎はひとつ取って口に入れた。

「佐吉さんはまだ家に帰ってなくて、代わりに雪が降ってきた」

「雪？」

佐太郎が小首をかしげる。そのしぐさがかわいらしくて、又十郎と天音は顔を見合わせほほえんだ。

「雪はねえ、白くてちっちゃくて冷たいの」

「ふうん……」

思案顔で佐太郎がかりんとうをかじる。いちいちかわいくて、見てて飽きねえっていうか仕事になんねえな。

又十郎は天音と佐太郎の頭をなでると、帳場に戻った。


「こんばんは。又十郎、いるかい？」

佐吉が店へ入ってきた。又十郎の心の臓が跳ね上がる。

「おっかさん！　佐吉さんが帰って来た！」

奥へ怒鳴っておいて、又十郎は立ち上がった。小間物の荷を背負った佐吉は、にっこりと笑って徳利《とっくり》を掲げて見せた。

「お客さんが婚礼の祝いのおすそわけだってくれたんだ。あとで一杯やろうぜ。つまみはたたみいわしがあるから持ってこなくていいぞ」

そのとき、奥から佐太郎が走り出て来た。天音とお勝があわてた様子で追っかけてくる。

佐太郎の顔を見るなり、佐吉は「あっ！」と叫んで両ひざを土間についた。

「お、俺の……子……だよな」

土間へおりようとした又十郎の足が止まる。

「佐吉さん……」

「わかるよ、又十郎。だって餓鬼《がき》のころの俺にそっくりだ」

佐吉が頭を抱える。

「いつか……きっといつか……こういう日が来ると思ってた。俺が捨てた女が、餓鬼を押し付けて姿をくらましちまうって」

のろのろと佐吉が立ち上がり、佐太郎に向かって手を伸ばした。

「お前、名はなんてえんだ」

「ちゃたろう」

「茶太郎？　変な名前だな。歳は？」

「四つ」

「四年前に付き合ってた女なんて、いちいち覚えちゃいねえし、それにいっぱいいたしな……茶太郎、おっかさんの名は？」

「おっかちゃん！」

「まあ、しょうがねえか。じゃあ、おとっつぁんの名は？」

「ちゃきち！」

「誰に教えてもらった」

「おっかちゃん！」

佐吉は佐太郎を抱きしめた。

「お前、佐太郎ってんだろ。『さ』がちゃんと言えてねえんだ。変なところまで俺に似るんじゃねえよ」

佐太郎が父親の名を言えたことに又十郎は驚いた。よく考えてみると、だれも佐太郎に「おとっつぁんの名は」と聞いてみていない。

なんだかんだ言って、皆、気が動転していたのだろう……。

お勝がほほえみながら言う。

「又十郎、今日はもう店を閉めちまいな。雪が降り出したんなら、客は来やしないよ。さあ、佐吉さん、上がっとくれ」

奥の部屋で正座をした佐吉が神妙に頭を下げた。

「このたびはとんだご迷惑をおかけしちまって、申し訳ありませんでした」

「迷惑なんてかけられちゃいないよ。店の前にずっといたのを寒そうなんで家に連れて帰って、よく顔を見たら佐吉さんにそっくりだから。きっと佐吉さんの子だろうと思ってね。やっぱりそうだった。で、この子の母親に心あたりは？」

「あり過ぎてわかりません。面目ねえことで。俺が捨てた女たちの誰かが置き去りにしたんだと思います」

「そういうことじゃ、まあ、母親を探すのはちょっと無理だろうねえ。これからのことを考えよう。佐吉さんは、この子をどうしたいんだい？」

佐吉がうつむいた。天音が息をつめるようにして、その大きな目で佐吉をじっと見ている。

「……できれば、育てたいと思います」

佐吉の意外な答えに、又十郎は心底驚いた。

「育てるったって、犬や猫じゃないんだ。大変だよ」

「はい。でも、俺の子ですから」

「仕事にも行けなくなっちまうんだよ」

「一緒に連れて行きます」

「無茶言っちゃいけないよ。この寒空にこんな小さな子を連れて行ったら、風邪をひかせちまうだろ」

「へえ……」

「里子に出したらどうだろう。よくある話さね。子どもをほしがってる家はけっこうあるんだよ」

佐吉がゆっくりとかぶりをふる。

「……俺の家は子だくさんで、赤ん坊の俺は、子がない叔父の家へ里子に出されました。でも、もらわれて二年ほどしたら実の子が生まれて……。それも立て続けに三人。用済みなのに今さら実家にも戻れず、俺の居場所はなくなっちまいました」

佐吉がぐいっと顔を上げる。

「頭ではわけへだてなくって思っても、やっぱり実の子のほうがかわいい。嫌ってほど思い知らされました。だからこいつには、佐太郎には、そんな思いはさせたくねえんです」

これまで一緒に飲んでも、佐吉が生まれ育った家の話をしないことに、又十郎はひっかかりをおぼえていた。でも、まさか、こんな悲しい訳があったなんて……。

佐吉が無茶な生き方をしていた時期があったのも無理はない気がした。

「そうかい。佐吉さんの思いはよくわかった。じゃあ、こうしよう。さぁ坊がひとりで留守番ができるようになるまで、昼間はうちであずかるよ」

「えっ！　でも、そんな迷惑をかけちゃ申し訳ないから」

「遠慮しなくていいんだよ。最初さぁ坊が佐吉さんの子だって知らなかったから、うちでもらっちまおうって言ってたんだ。そしたら天音が弟ができるってもう大喜びで。だから、せめて昼間だけでもうちで預からせておくれ」

　天音が叫ぶように言った。

「佐吉さん！　あたしちゃんと面倒見ますから、さぁ坊を昼間うちに預けてください」

「……ありがとう。じゃあ、そうさせてもらいます」

「朝餉と夕餉はうちで食べるといいよ。かかりはちゃんともらうから。朝、さぁ坊を連れて来て朝餉を一緒に食べて、佐吉さんは仕事に出かける。帰りはうちへ寄って夕餉を食べてから、さぁ坊と一緒に家へ帰る」

「そこまで巴屋さんに甘えちゃあ罰があたっちまう。飯は俺が作って、こいつに食わせます」

「なにを言ってるんだい。子どもには滋養《じよう》のあるものをちゃんと食べさせなきゃいけないんだよ。酒のつまみじゃ、子は大きくなんかなれやしないんだから」

「うっ」と言ったきり、佐吉が絶句する。

「ずっととは言わない。さぁ坊がもっと大きくなって、佐吉さんが飯の支度に慣れたら、自分の家で食べりゃいいじゃないか」

「はい。やっぱりそうさせてもらいます。すみません」

「じゃあ、きまり。さあ、皆、ご飯にしよう。天音、手伝っとくれ」

夕餉は深川飯だった。むき身のアサリと油揚げとネギを煮て味噌を加え、汁ごと飯にかけて食す。

又十郎は大口を開けてほおばった。

「はあ、うめえ……」

アサリの出汁がよくきいている。佐太郎が、匙を使って一生懸命食べているのがかわいらしい。

「うめえな、佐太郎」

「うん！」

佐吉が目を細め、佐太郎のほおについた飯粒をとって口に入れた。又十郎はふと泣きそうになり、急いで何度もまばたきをする。

「佐吉、一杯やらぬか」

「はい、いただきます」

「これはよい。晩酌《ばんしゃく》の相手ができた。又十郎のやつはまだまだでな」

平助がうれしそうに、佐吉の湯飲みに酒をついだ。

「皆、たくさんあるから、どんどんお代わりしておくれよ」

次の日、又十郎が店の掃除をしていると、佐吉が佐太郎を横抱きにし、大あわてでやって来た。佐太郎はべそをかいている。

「おはようございます。いったいどうしたんですか？」

「どうもこうも……。佐太郎のやつ、寝小便しやがって」

「そりゃ大変だ。寒いから上がってください。おっかさん！」

朝餉の支度をしていたお勝が、手ぬぐいで手をふきながら出てきた。

「ははあん、寝小便だね」

「こいつ、しようのないやつで」

「佐吉さん、昨日寝る前に、ちゃんとさぁ坊を厠《かわや》へ連れてったんだろうね」

「えっ！　……いいえ」

「どうせ、うちから帰って自分の家で飲みなおして、そのまま酔いつぶれて寝ちまったんだろう」

「……面目ねえ」

「子どもってのは、寝る前に用を足させて、夜中にも一度起こして小便をさせてやらなきゃなんないんだよ。あと、寝る前はできるだけ水を飲ませないこと」

「ひえええ」

「さぁ坊は悪くないよ。悪いのは呑兵衛のおとっつぁんだ」

「ごめんな、佐太郎」

「さあ、着替えなきゃね。そんなこったろうと思って、ゆうべちゃんと用意してたんだから」

お勝は行李から着物を取り出した。

「又十郎は見覚えがあるだろ」

「あ、俺がちっちぇえとき着てたやつだ。店のじゃなくて、俺のお古か」

「そうだよ。なんでも取っておくもんだね。佐吉さんも、うちのひとの若いときので悪いけど着替えるといい。そのままじゃ、仕事に行けやしないだろ」

「なにからなにまで、すみません」

「いいんだよ。気にしなくて。うちは又十郎がなかなかおねしょがなおらなかったから慣れっこなんだ」

「おっかさん、それ以上言うのは無しにしてくれよ」

又十郎はあわててお勝に口止めをした。天音に聞こえたら、兄貴の面目が丸つぶれだ。

「なにを今さら恥ずかしがってるのさ。天音！　朝餉の支度はあたしがやるから、さぁ坊を着替えさしとくれ」

「はーい」

天音は湯につけてしぼった手ぬぐいで佐太郎をさっとふき、続いてかわいた手ぬぐいでよくふいた。そして手際よく着物を着せる。

さすがは女の子だな……。あっ、そうか。

あの天音ん家《ち》の金をねこばばした天音の伯父の千太郎《せんたろう》。あそこは七人の子だくさんだった。

いとこにあたるあの家の子たちの世話を、天音はよくさせられていたに違いない。

「いけない！　夜具を忘れてた！」

「おっかさん、俺が取って来るからいいよ。佐吉さんは早く朝餉を食って、商いに行かねえと」

「すまねえな、又十郎」

「いいんですよ。あやまらなくても。さぁ坊は半分うちの子のようなもんだし。なあ、おっかさん」

「そうだよ。こんなことでいちいちあやまってたら、米つきバッタみたいにずっとぺこぺこしてなきゃなんない。おねしょなんてね、そのうちしなくなるんだから。まあ、又十郎みたいに、十になるまでなおらなかった子もたまにはいるけどね」

……とうとう言っちまいやがった。又十郎は舌打ちをしながらお勝をにらんだ。お勝がぺろりと舌を出す。

どうしておっかさんは、すぐなんでも言っちまうんだろうな。俺への気遣いとかはねえのかよ。

天音がくすくす笑う。又十郎は下駄をつっかけ外へ飛び出した。

3

佐吉が佐太郎を引き取って三日ののち――。

「これが佐吉の倅か。よう似ておるのう。源蔵の申した通りよ」

帳場に座っている又十郎のそばでコマを回して遊んでいる佐太郎を、伝兵衛がひょいっと抱き上げた。あやされた佐太郎が声をあげて笑う。

「おお、笑うと瓜ふたつじゃ。これほど似ておったら、佐吉も己の子だと認めざるをえまい」

佐太郎を抱いたまま、店の上り口に腰をかけ、伝兵衛がにやりと笑った。

「女が置いて行った子を、佐吉が引き取ったと源蔵から聞いたのでな。見てみようと思うて。佐太郎、饅頭を食うか」

「うん！」

佐太郎をおろした伝兵衛が懐から饅頭の包みを取り出した。そういえば、もともと伝兵衛は大家の源蔵と知り合いだったことを、又十郎は思い出した。

伝兵衛に饅頭をもらった佐太郎が、「ありがとう」と言いながらぴょこんと頭を下げる。

「ほう。よう躾けられておるではないか。さあ、又十郎も食うがよい」

「ありがとうございます。俺、麦湯をいれてきます」

佐太郎がおいしそうに饅頭を食べるのを、伝兵衛が目を細めて見ている。屋敷でもあんな感じで孫と過ごしているのだろうか……。

又十郎が麦湯の入った湯飲みを持っていくと、伝兵衛がつと立ち上がって店の外へ出た。

「さぁ坊、よかったなあ。饅頭をいただいて。おめえ、口のまわりに餡子がついてるぞ。それ、あんちゃんがふいてやろう」

ほどなく戻って来た伝兵衛を見て、又十郎は驚いた。伝兵衛と一緒に初老の男が入ってきたのだ。

男は伝兵衛に右手首をつかまれ、さらにそれを外側にひねられてうめいている。

「ど、どうなさったのですか？」

「この男が最前から巴屋の様子をうかごうておったのでな。ちと理由を聞きたいと思うて、ご同道願ったまでじゃ」

又十郎は、咄嗟に佐太郎を自分の背後にかばった。伝兵衛が男の手首をはなすと、男は店の土間に両ひざをついた。

「わしは、元定町廻同心沢渡伝兵衛じゃ」

痛そうに手首をさすっていた男は、「ひっ」と言うなり土下座をした。

「けっしてあやしい者ではございません。どうかお許しを」

「あっ！　大家ちゃん！」

又十郎の後ろから顔をのぞかせた佐太郎が叫ぶ。たちまち男が顔をくしゃくしゃにした。

「さぁ坊！　元気そうだな！」

飛びつく佐太郎を抱きしめて、男が佐太郎にほおずりをする。

「ひょっとして、そなたは佐太郎が住んでおった長屋の大家か」

「はい、さようにございます。深川は熊井町《くまいちょう》にございます長屋の大家で、惣兵衛《そうべえ》と申します」

惣兵衛は麦湯を飲み、ほうっとため息をついた。ひざの上には佐太郎がちょこんと座っている。

「手荒なことをしてすまなんだ」

「いえいえ、あやしいことをしていた私のほうが悪いのですから」

「佐太郎が佐吉に引き取られて今日で三日。ちょうど置き去りにした者が、心配になって様子を見に来る頃合じゃと思うてな」

伝兵衛の言葉に、惣兵衛が頭をかく。

「そこへ私がのこのこ現れたわけですな」

「あのう……。惣兵衛さんはうちの店へいらしたことがおありだと思うのですが」

又十郎に続けて、お勝も言った。

「あたしが店番をしているときにもおいでになりましたよね」

惣兵衛の顔がみるみる赤くなる。

「おっしゃるとおりです。おふたりがとても良い方々だったので、佐太郎をこちらのお店の前へ置き去りにしようと思った次第です」

「下見に来たというわけか」

「はい。そういうことになります」

「どうして佐太郎を置き去りにしたのじゃ」

「佐太郎の母親のお春《はる》さんが亡くなるときに頼まれたんです。父親の佐吉さんに引き取ってもらってくれって」

「えっ！　佐太郎のおっかさんは亡くなってしまったんですか？」

「最初はちょっとした腹痛だと思っていたんだが、だんだんひどくなった上に高い熱も出て、三日三晩苦しんだ挙げ句に亡くなった。医者も手の施しようがなかったとのこと。あっという間に佐太郎はみなしごになってしもうた。ちょうど半月前のことだ」

なんということだろう。佐太郎の母親は、自分が佐吉に捨てられた腹いせに佐太郎を置き去りにしたのではなかったのだ。

又十郎は必死に涙をこらえた。

「こんな小さなかわいい子を残して死ぬなんてねえ。どんなに無念で心残りだっただろう……」

お勝が手ぬぐいで目頭を押さえる。惣兵衛も鼻をすすった。

「今は改心しているが、佐吉さんは遊び人だったそうですね。それに昼間は仕事に出ていて家にはいない。だから、まずは巴屋さんに拾ってもらってと思って、お店の前に置き去りにしたんです。申し訳ございませんでした」

「いいえ、いいんですよ。惣兵衛さん。どうぞ頭をお上げください。さぁ坊があんまりかわいいもんだからうちの子にしたかったんですけどね。ええ、佐吉さんの子だっていうのはすぐにわかりましたよ。そっくりですもの」

いったん言葉を切って、お勝は麦湯を飲んだ。

「佐吉さんが自分で育てるって決めたんです。佐吉さんは子どもがいない叔父さん家にもらわれたんだけど、実の子が三人も生まれて自分の居場所がなくなって辛かったから、佐太郎を里子には出したくないって」

「そうですか……」

「だからさぁ坊が小さいうちは、昼間は巴屋で預かって、朝餉と夕餉もこっちで食べるってことにしたんです。佐吉さんはいいおとっつぁんになると思いますよ。それにあたしもさぁ坊のことをしっかりみてますから、どうぞご安心なさってください」

惣兵衛ははらはらと涙をこぼした。

「ありがとうございます。さぁ坊のこと、どうぞよろしくお願いいたします」

「あのう、大家さん。明日にでも俺と妹とで長屋へお邪魔したいのですが。実は俺は家に憑いた幽霊の姿が見えるんです」

「あっ！　もしや、損料屋の見える兄と聞こえる妹ってのは、巴屋さんのことだったのですね。読売に書いてあった」

「はい、そうです。もしかしたらお春さんが家に憑いているかもしれないし、なにか声がする物が残っているかもしれません」

伝兵衛がつぶやく。

「久しぶりにわしも一緒に行ってみようかのう。あと、佐吉とさぁ坊も連れていかねばならぬな」


次の日、又十郎たちは深川の熊井町にある長屋へ出かけた。寒いが雲ひとつない良い天気である。

道を行き交う人はせかせかと歩いている。皆、新年を迎えるための買い物や、用事に出かけているのだ。

いくら師走って言っても、さすがに走ってる人はいねえけどな。昨日商いからもどった佐吉にたずねたところ、お春という名の女子には覚えがないそうだ。

もちろん佐太郎を授かっているわけだから付き合っていたのは間違いない。だが、付き合っていた女はもう山ほどいるので、どれが誰なのかわからないというのが正直なところだろう。

長屋に着いたが、霊の気配はしない。

「お春さんの幽霊は、ここにいねえみてえです」

「そうかい……」

佐吉はがっかりしつつも、どこかほっとしているような複雑な表情を見せた。

「中を見せてもらおう。なにか声がする物が残ってるかもしれねえ」

又十郎がかつてのお春と佐太郎の住まいに入ろうとすると、ちょうど家から出てきた隣の女房と鉢合わせになった。

小太りでおっとりした雰囲気の女房は棒立ちになり、「さぁ坊！」と叫んだ。涙がぽろぽろとこぼれ落ちる。

そして女房は長屋の間の通路へ走り出ると、大声で呼ばわった。

「皆、さぁ坊がおとっつぁんと一緒に顔を見せに来てくれたよ！」

わらわらと家から出てきた女房たちが佐吉と佐太郎を取り囲む。

「さぁ坊、よかったねえ。おとっつぁんに会えて」

「なんて男前なんだろう。お春ちゃんが言ってた通りだよ」

「さぁ坊とそっくりだ。これはおとっつぁんで間違いないね」

「お春ちゃんも、どんなに親子三人で暮らしたかったろう」

女房たちが泣き出した。又十郎と天音はもらい泣きをしている。伝兵衛と佐吉は目が真っ赤だった。

佐太郎だけがにこにこ笑っているのが不憫だと、又十郎は思った。

「あんたが幽霊が見えるあんちゃんで、あんたが声が聞こえる妹？」

女房のひとりに聞かれて、又十郎と天音はうなずいた。

「で、幽霊はいるのかい？」

皆がはっと息をのむ。又十郎はかぶりをふった。

「まだ家の中を見ていないので絶対とは言えないのですが、気配がしないのでたぶんいないと思います」

「声はしてるのかい？」

「妹のほうは、家の中に入って調べなければわからないんです」

「お春さんは家財を全然持ってなくてね。この長屋へ越してきたときに全部損料屋から借りてたから、亡くなったあと返しちまったんだよ。だから家の中にはなんにも残ってない」

「ああ、それなら聞こえないかもしれません。でも、一応調べてみます。さあ、天音、家の中へ入ってみよう」

又十郎と天音は、お春と佐太郎が住んでいた家に足を踏み入れた。なんの変哲もないありふれた長屋だ。

女房が言ったとおり、ほんとうになにもない。もっとも、家を借りたいという者が現れればすぐに住むことになるのだから、そのほうが都合がいいのだが……。

そして、やはり幽霊はいなかった。もしかするとこの家に憑いていたが、佐太郎が佐吉に無事引き取られ、幸せに暮らし始めたので成仏したのかもしれない。

うん、そうだ。きっとそうだ……。

天音が、まず土間を調べた。そして家の中へ上がり、部屋の隅々をゆっくり見て回る。

「どうだ？　天音」

天音がかぶりを振った。

「物がなんにもねえからな。当たり前といえば当たり前だ。あとでどこの損料屋へ家財を返したのかを聞いて、行ってみようぜ。品がまだ店にあれば、声が聞こえるかどうか調べられるし」

「うん」

「じゃあ、出よう」

ところが、土間に下りたところで天音が立ち止まった。耳をすますようなそぶりをしたと思ったら、しゃがみ込んで水瓶《みずがめ》に耳をつけている。

「声がするのか」

「うん。たぶん。気のせいかもしれないけど……」

又十郎と天音は水瓶の中をのぞいた。

「なんにもねえな」

「もしかして水瓶の下かも」

「ちょっと待ってろ。のけてみるから」

又十郎は水瓶を両手で持ち、少し離れたところに置いた。天音が「あっ！」と声をあげる。

丸みをおびた平べったい石が出てきたのだ。天音の手のひらの半分くらいの大きさで桜色をしている。水瓶の下に隠していたということなのだろう。

天音は石を握りしめたこぶしを胸に当て、目をつむった。

「若い女の人が『長命寺《ちょうめいじ》桜もち、おいしかった』って言ってる。お春さんの声なのかなあ」

「どうだろう。この長屋の人たちならお春さんの声を知ってるけど、石の声を皆に聞かせることはできねえからな」

外にでた又十郎は佐吉に言った。

「水瓶の下にあったこの石から、『長命寺桜もち、おいしかった』って若い女の人の声がするらしいんです」

女房たちがどよめく。長命寺桜もちは、向島《むこうじま》の長命寺の門前にある山本《やまもと》やという店で売られている。

「佐吉さん、石から聞こえるのがお春さんの声だとすると、佐吉さんと一緒に桜もちを食べたんじゃないかと思うんですけど、覚えはありませんか？」

女房たちがかたずをのんで佐吉を見つめる。佐吉が頭を抱えた。

「いや、だから。隅田堤《すみだづつみ》で花見をして長命寺桜もちを一緒に食った女っていったって、いっぱいいい過ぎて、そんなのいちいち覚えちゃいねえ」

女たちが佐吉を取り囲む。

「ちょっと佐吉さん。それっておかしかないかい？　付き合ってた女子の顔と名くらい覚えてるだろう」

「そうさ。さぁ坊ってかわいい子まで授かってるんだから。覚えてないじゃすまされないよ」

「いっぱいいるったって、五人より多いってことはあるまいし……えっ！　やだ！　それより多いのかい？　まさか十人とか？」

「いや、花見なんて、同じ女と二度は行かねえから……。十人じゃきかねえ……かな……」

女子たちの眉が一斉につり上がる。さすがの佐吉も青くなった。

どうしよう。この女の人たちの怒りをおさめるにはどうすればいいんだ。

又十郎は一生懸命考えたが、あせればあせるほどなにも思いつかない。このままでは、佐吉が大変なことになるかもしれない。

考えろ、なにか良い策があるはずだ。考えろ！

「皆、ちょっと待ってくれ」

伝兵衛が佐吉と女たちの間に割って入った。よかった……。又十郎はほっと胸をなでおろした。

「確かに佐吉は飲む打つ買うのそろい踏みのとんでもない男であった。わしもほとほとあきれてのう」

伝兵衛がにやりと笑う。

「それが、今年の春の幽霊騒ぎで改心したのだ。今は背負い小間物屋として、真面目に働いておる」

続いて、伝兵衛は佐吉が背負い小間物屋を始めることになったいきさつについて、女たちに語って聞かせた。

女房たちから発せられていた険悪な雰囲気が消え去った。皆、鼻をすすったり目もとを押さえたりしている。

「並外れた女たらしの佐吉をそなたらが許せぬというのはようわかるが、その佐吉が、佐太郎を引き取ると申したのじゃ。里子に出すのは嫌だ。己の手で育てたいとな。佐太郎もすっかりなついておる。これが佐吉が真人間になったなによりの証ではないか。まあ、今日のところはわしに免じて、佐吉を許してやってくれ。頼む」

伝兵衛が頭を下げ、佐吉もあわててそれにならった。

「どうぞ頭を上げてくださいまし」

「元定町廻の旦那に頼まれちゃあねえ」

「佐吉さんが真人間になったってのはよくわかりましたよ」

「まあ、さぁ坊が幸せなら、あたしたちはなにも文句はありませんから」

「よかったのう、佐吉」

「はい。伝兵衛様、ありがとうございます」

「よいよい。これもみな、佐太郎のためじゃ。なあ、さぁ坊」

伝兵衛は佐太郎のほおを指でちょんとつついた。

「それはそうと、佐吉。そなた又十郎にお春の似顔絵を描いてもろうたらどうじゃ。それを見れば思い出すかもしれぬぞ」

伝兵衛が又十郎を手招きする。

「ここにいる女房たちにお春の特徴を聞き、それを元に似顔絵を描いてもらいたい」

「はい。それならば描けます」

又十郎は懐から紙と矢立を取り出した。

「待ってくれ、又十郎。せっかく描いてもらっても、なんにもならねえんだ。なんせ俺が全然覚えちゃいないんだから」

ああ、なんてことを言うんだ。女房たちの顔色がまた変わっちまったじゃねえか……。

又十郎は深いため息をついた。

4

次の日、又十郎たちは上野《うえの》の不忍池《しのばずのいけ》近くの長屋へ向かった。前日にたずねた深川の長屋へ越して来る前、お春と佐太郎が住んでいたのだそうだ。

もちろん、お春の幽霊と、声が聞こえる物を探すためだった。

長屋の井戸で水をくんでいる女子に、又十郎はたずねることにした。

「あのう、すみません。両国の損料屋、巴屋又十郎と申します。二年ほど前ここに住んでいたお春さ――」

「さぁ坊！　さぁ坊じゃないか！　まあ、大きくなって！　お茂《しげ》おばちゃんだよ。おばちゃんのこと覚えてる？　覚えてないよねえ。ちっちゃかったもん」

そしてお茂は、佐吉を見てぽっかりと口を開けた。

「……もしかして、さぁ坊のおとっつぁんかい？」

「ええ、そうです」

「やっぱり。さぁ坊とそっくりだ。じゃあ、晴れて夫婦になれたんだね！　よかった！」

「いえ、それが、母親は半月前に亡くなっちまって、みなしごになったこいつを引き取ったんです」

「ええっ！　あのお夏《なつ》ちゃんが！」

又十郎たちは顔を見合わせた。名前が違う。しかし、佐太郎の母親であることは間違いないのだから、どちらかが偽名なのだろう。

「この長屋にも、さぁ坊のおっかさんの幽霊はいねえみたいです。気配がしません」

又十郎は、びっくりしているお茂に自分と天音のことを説明し、佐太郎の母親が住んでいた家がどこなのかたずねた。

「お夏ちゃん家はうちの隣のこの家だよ。今ちょうど皆仕事に出てるから入っても大丈夫。見終わったらうちへ寄って。麦湯でもいれるね」

又十郎と天音は、お夏と佐太郎が住んでいた家に入った。

「やっぱり幽霊はいねえな」

家に上がってぐるりと回った天音が土間へおりた。水瓶に耳をつける。

「また、声が聞こえる気がする」

「よし！　じゃあ動かしてみるな」

又十郎が水瓶をずらすと、石が出てきた。やはり丸みのある平べったい石で、今度は青みがかっている。

天音は石をにぎったこぶしを胸にあて、目をつむった。

「前の石と同じ声で『大川《おおかわ》の花火、きれいだった』って言ってる」

「佐吉さんは佐太郎のおっかさんと、花火見物に行ったんだな。この石の色は川の水の色のつもりなのかもしれねえ」

天音がこくりとうなずく。

又十郎たちは、お茂の家で麦湯とせんべいをごちそうになった。又十郎が石から聞こえる言葉を伝えると、佐吉がまた頭を抱えた。

「花火もいろんな女と行ったから、お春がどの女子かってのはやっぱりわからねえんだ」

「えっ。ちょっと、佐吉さん。自分の子を産んでくれた女子の顔も覚えてないのかい。いくら男前で女がほっとかなくってもそりゃないだろ。あきれたねえ」

「すみません……」

佐吉は深々と頭を下げた。隣で佐太郎が真似をする。

「まあ、その女たらしがさぁ坊を引き取って育ててるんだから、お夏ちゃんも許してくれるだろうよ。さぁ坊、おとっつぁんは好きかい？」

「うん！」

「そうかい、よかったねえ。……それはそうと、さっき佐吉さんお夏ちゃんのこと、『お春』って言ってなかったかい？」

「亡くなった長屋ではそう名乗ってたらしいんです」

佐吉の言葉に、お茂はうなずいた。

「やっぱりね……。『お夏』も『お春』もほんとうの名じゃないんだよ。継父《ままちち》から身を隠すために偽名を使っていたんだ」

「ええっ！」と皆が声をあげた。

「それが、ある日さぁ坊をあたしに預けて買い物に出かけて、継父に出くわしちまったらしい。必死に逃げ帰ってきたんだよ。ちょうど火消しをやってるあたしの亭主が家にいたから、継父を追い払った」

お茂がため息をつく。

「なんでも継父はお夏ちゃんにつきまとって金をせびるんだって。なんていうのかなあ。そう、娘を食い物にするくだらない男でさ。お夏ちゃんも散々苦労させられてたみたい。この長屋へも、ほとんど着の身着のままで、乳飲《ちの》み子のさぁ坊を連れて越してきて……。あれは継父から逃げて来たんだね。だから二年前のあのときも、さぁ坊を守らなけりゃって必死だった。それでその日のうちに、うちの人が火消しの組頭の家へお夏ちゃんとさぁ坊を預けた」

又十郎はたずねた。

「継父はどうなったんですか」

「次の日ここへやって来てね。ずいぶん飲んでたみたいで、わめいて暴れたからうちの人が番所へ突き出したんだよ」

「その節はいろいろお世話になりまして、ありがとうございました」

佐吉が深々と頭を下げる。

「継父から逃げ回りながら、さぁ坊を産んで、一生懸命育ててたのにねえ。死んじまうだなんて。あんまりお夏ちゃんがかわいそうじゃないか」

お茂のほおを涙が伝う。佐吉がひざの上で両のこぶしをにぎりしめた。

次の日、又十郎たちは、神田《かんだ》にある長屋を訪ねた。上野に来る前にお夏が住んでいた長屋を、昨日お茂に教えてもらったのだ。

予想していたことだが、やはりお夏の幽霊はいなかった。そして、住んでいた家の水瓶の下からまた石が見つかった。

黄色がかった丸みのある平たい石からは、お夏の「巣鴨《すがも》の菊人形、きれいだった」という声が聞こえてきた。もちろん、佐吉が多数の女子と菊人形見物に出かけていたのは言うまでもない。

一行は、お夏の隣に住んでいて親しかったというお栄《えい》に話を聞くことができた。

お栄は二十五くらいで、色が白くてぽっちゃりしていた。切れ長の目が優しそうだ。

三人の子がいるが、皆、手習いに行っているとのこと。お栄は佐太郎をひざにのせ、頭をなでながらしみじみとした口調で言った。

「さぁ坊のお母さんはね。この家でさぁ坊を産んだのよ。うちの人が産婆《さんば》さんを呼びに行って。難産でね。でも、お秋《あき》ちゃんはがんばってさぁ坊が生まれた。師走の十五日。寒かったけど、雪が積もってきれいだった。元気で暮らしてるとばかり思ってたのに……」

佐太郎の頭に、お栄の涙がぽとりと落ちる。ふり向いた佐太郎は不思議そうにお栄の顔を見上げた。

「お秋って名はやっぱり偽名なんでしょうか」

又十郎の言葉に、お栄がうなずく。

「お秋ちゃんが身の上話をしてくれたことがあったの。おとっつぁんを早くに亡くして母ひとり子ひとりだったんだけど、おっかさんが新しい人と夫婦になってね。お秋ちゃんが七つのときだって。その継父、たしか捨吉《すてきち》さんって名前だったわ。この人がろくでもない人で……。酒を飲むと悪酔いして、おっかさんやお秋ちゃんをなぐったり足蹴《あしげ》にしたりするそうなの。それがたちの悪いことに、酔いがさめると、土下座してあやまって、もう絶対に乱暴はしないと約束する。あんまり必死だもんだから、かわいそうになって許す。でも、夜になるとまた酒を飲んで暴れる。もう同じことばっかり……」

「おっかさんとお秋さんとふたりで逃げちまえばよかったのに」

「それがね、お酒を飲まなければ、捨吉さんは優しいの。だからそのうち乱暴がなおるんじゃないかってつい考えちゃう。あと、どうしてだかわからないけど、捨吉さんと一緒にいてあげなきゃこの人はもっとダメになるって思い込んでしまう。特にお秋ちゃんのおっかさんはそれが強かったみたい」

「俺にはお秋さんやお秋さんのおっかさんの気持ちがよくわからない……」

「それはな、又十郎。酒乱の男の女房や子によくあることなのじゃ。男はたいてい飲まぬときは気弱でおとなしい。優しい言葉をかけさえする。女房はこちらがいくら諭《さと》しても別れぬの一点張り。酒さえやめればすべてがうまくいくというのがその言い分。だが、酒はやめられぬ。あれはもはや病じゃ。大けがをしたり死んでしもうたりと、いろいろ不幸せなことが起きてしまうのが悔しゅうてなあ。でも、どうにもならなんだ……」

伝兵衛が大きなため息をつく。

「お秋ちゃんは十二で料理屋で奉公を始めて家から出ることができた。でも、十四のときにおっかさんが亡くなったら、捨吉さんがお秋ちゃんを食い物にしはじめたの。お秋ちゃんの給金を前借りしてね。それができないと、店の前で酔って暴れて……。お秋ちゃんは料理屋の奉公をやめるほかなかった。二年離れてる間にお秋ちゃんも目が覚めて、捨吉さんを避けるようになった。だけど、奉公先を変えても、捨吉さんが執念深く探し当てて金をせびる。金をわたさなければ暴れる。お秋ちゃんはまた奉公替えせざるを得なくなる。ずっとこれの繰り返し」

「義理でも父と娘じゃからのう。誰も手出しができぬのじゃ」

なんということだろう……。又十郎は悔しくて歯噛みをした。

「奉公先を転々としていたお秋ちゃんにも良いことがあったの。すごく男前で優しい人とめぐり合ったんですって。さぁ坊のおとっつぁん。つまり佐吉さんね」

「佐吉さんは、そんな気の毒な身の上のお秋さんを捨てたんですね」

お秋の継父に腹が立っていた又十郎は、つい佐吉を詰問してしまった。

「ほんとにすまねえと思ってる。だけど、そういう身の上だとは知らなかったんだ。聞かされていたらいくら俺でも覚えてると思う。継父につきまとわれて難儀していた女子なんて、俺が付き合った女たちの中にはだれもいなかった」

佐吉は大きなため息をついた。

「きっと言えなかったんだろう。で、俺はお秋を捨てちまった。無体なことをしたと思ってる。あやまれるもんならあやまりてえ」

「……佐吉さん。お秋ちゃんは、佐吉さんに捨てられたんじゃないの。逆よ。お秋ちゃんのほうから別れたんだって言ってた」

「ええっ！」と皆が声をあげた。佐吉の顔から血の気が引く。

「佐吉さん、大丈夫ですか？　顔が真っ青ですよ」

「大丈夫。ちょっと驚いただけだ」

「お秋のほうが佐吉をふっていたとはな。わしはてっきり佐吉がお秋を無慈悲に捨てたのだとばかり思うていた。すまぬな、佐吉」

「俺もです。すみません」

又十郎は頭を下げた。天音もそれにならう。

佐吉が苦笑する。

「皆、よしてくれ。こういうのを身から出た錆《さび》って言うんだ。自業自得さ」

「失礼なことを聞いてごめんなさい。佐吉さんって、里子に出されたの？」

「はい。叔父に子がなかったもんで」

「お秋ちゃんのいい人は、自分が里子に出されてつらかったから、子には絶対そんな思いはさせない。女房子どもは俺が命をかけて守るって言ったんですって」

佐吉がはっとする。にまっと伝兵衛が笑った。

「ほう、佐吉。そなたなかなか良いことを申すではないか」

「お秋ちゃんは言ってた。もし夫婦になって、酔っ払った捨吉さんがお秋ちゃんに乱暴するのを見たら、その人は必ず止めに入るだろう。でも、捨吉さんは酔うとなにをするかわからない人だからね。刃傷沙汰《にんじょうざた》にでもなったらとりかえしがつかない。大好きな人に災いが及ぶのは絶対に嫌だから別れるって。これ以上深入りしないほうがいいんだって。夫婦になろうって言われたけど、断ったって言ってた。つらいけど、悲しいけど、これでいいんだ。あんな継父がいる自分は幸せになれっこない。お秋ちゃんひどく泣いてたっけ……」

佐吉がくちびるをかみしめる。

「お栄さん。お秋と佐太郎が大変お世話になりました。ほんとうにありがとうございます。このご恩は一生忘れません」

お栄の家を出た佐吉が、思いつめた表情で皆に頭を下げた。

「思い当たることがあるんで、このまま一緒に浅草へ行ってくだせえ。どうかお願いします」

佐吉に誘《いざな》われてやって来た長屋へ一歩足を踏み入れた又十郎を、いつもの嫌な感じがおそった。

「たぶん、幽霊がいると思います」

「なんだって」

驚く伝兵衛をよそに、佐太郎を抱いた佐吉がずんずんと歩を進める。そして、佐吉がまさに戸を開けようとしている家から黒い霧がわき出しているのが見えた。

意を決して又十郎が家の中に入った途端、霧が晴れる。

家は空き家だった。奥の壁際に女の幽霊がほほえみながら立っている。二十くらいで目鼻立ちのととのったとても美しい顔をしていた。

又十郎は壁を指差した。

「ここに幽霊がいます」

懐から矢立と紙を取り出し、一心に筆を走らせる。誰も一言も発しない。皆、黙って又十郎の手元を見つめている……。

絵姿が描きあがった瞬間、佐吉と佐太郎が同時に叫んだ。

「お千恵《ちえ》！」

「おっかちゃん！」

又十郎はたたみにひざをつく。とうとう見つけた……。

天音が土間へ走り下りた。伝兵衛があとを追う。

「待て、天音。わしが水瓶を動かしてやろう」

「あんちゃん！　あった！　今度は白い石！」

部屋へ戻って来た天音が石を胸にあてる。

「お千恵さんが『佐吉さん、大好き』って言ってます」

又十郎の目から涙があふれる。泣きながらしがみついてきた天音を抱きしめながら、又十郎はむせび泣いた。

「お千恵のことはよく覚えてる。俺をふったただひとりの女だ。お栄さんが言ったとき、お千恵だってすぐにわかった。忘れようったって忘れられるもんじゃねえ。俺はほんとにお前のことが好きだったんだぜ。あのときは初めてふられて、どうしたらいいかわからなかったけど、お千恵を絶対あきらめちゃいけなかったんだよな。追いかければよかった……。でも、ふられた女が佐太郎の母親だなんて、そんな話があるかよ。はなっからお千恵ははずして考えちまってた……。俺は自分が里子だったことを、お千恵にだけは話した。だからお千恵も親父さんのことを、打ち明けてくれればよかったんだ。そしたら俺は……」

佐吉は壁に両手をつき、ほおずりをした。

「お千恵。俺はお前と夫婦になりたかった。佐太郎と三人で、笑ったり、泣いたり、けんかしたりしながら、ささやかに、そして幸せに暮らしたかった……でも、もうそれはかなわねえ。ごめんよ、お千恵。俺がもっとしっかりしてたら……」

佐吉が佐太郎を引き寄せ、ぎゅっと抱きしめた。

「お千恵。俺もお前が大好きだ。佐太郎を産んで育ててくれてありがとう。これからは俺がこいつを守るからな」

泣いていた又十郎ははっとして顔を上げた。気配が変わったのだ。

壁を見ると、お千恵の幽霊は消えていた。

「どうした、又十郎。お千恵がいなくなっちまったのか」

佐吉に問われて又十郎はうなずいた。

「お千恵！　成仏なんかするんじゃねえ！　俺のそばに……俺と佐太郎のそばに、ずっといてくれ！」

佐吉が佐太郎を抱きしめたまま号泣する……。

# 余話　天音の大つごもり

## 1

「あまねえたん、これやって」

巴屋の奥の間で、佐太郎が天音に木の棒を差し出した。棒の先には糸がついていて、小鳥の形をしたへぎがくくりつけてある。

『都鳥《みやこどり》』と呼ばれるおもちゃで、年寄りが作ってひとつ四文で売り歩いている。一昨日《おとい》佐吉が仕事帰りに買ってきたのだ。

天音はほほえんだ。

「さぁ坊はこのおもちゃが好きだねえ」

「うん！　おとっちゃんのおみやげ！」

天音は立ち上がると、棒をふり回した。へぎでできた小鳥がまるで本物のように高く、そして低く飛ぶ。

この都鳥は尾が動くし、「ぴーっ」という音も出る。座って手をたたいていた佐太郎が、立ってぴょんぴょん飛び跳ねる。

しばらくして、台所からお勝の声がした。

「もうそれくらいにして、ふたりともおやつをおあがり」

佐太郎が大喜びで叫ぶ。

「おやつ！　おやつ！」

助かった。さすがはおっかさん。

天音は、「ふう」と息をはきながら座り込んだ。棒を長らくふり回していたせいで、腕がちょっと痛い。

お勝が、饅頭を盛った皿と麦湯をいれた湯飲みを折敷《おしき》にのせて持って来た。

「さあ、どうぞ」

「いただきまちゅ」

「さぁ坊はお行儀がいいね。ちゃんと『いただきます』が言えて」

「うん！」

お勝と天音は顔を見合わせほほえんだ。

「あ、おっかさん。さっきは止めてくれてありがとう。都鳥」

「どういたしまして。疲れただろう。ちっちゃい子はきりがないから。又十郎なんて、うちの人に馬になれって言って乗ったら最後、いくら叱っても下りなくて大変だったんだよ」

天音はくすりと笑った。

「あまねえたんは鳥さん上手」

佐太郎の言葉に、お勝が相槌を打つ。

「うん、すごいねえ」

「おとっちゃんよりずっと上手」

お勝が麦湯をふき出しそうになり、あわてて口元を手ぬぐいでふいた。

「そうなのかい？」

「うん。おとっちゃんはへたくそ。あまねえたん教えてあげて」

「わかった」

「約束？」

「約束」

天音が右手の小指を出すと、うれしそうに佐太郎が小指をからめる。その指があまりにかぼそくて小さいので、天音は泣きそうになった。

「指切りげんまん、うちょちゅいたらはりちぇんぼんのーます」

「そういえば、天音はどうして都鳥を飛ばすのがうまいんだい？　又十郎より上手じゃないか」

「ちっちゃいとき、おとっつぁんに習った」

「へえ、そうだったのかい」

「都鳥を飛ばしてって、さぁ坊みたいになんべんもおとっつぁんにたのんでたら、おとっつぁんがやり方をつきっきりで教えてくれた。きっと、もう飛ばすのにうんざりしたんだと思う」

「だろうね。教えときゃ、自分でいくらでも勝手に飛ばすからね。楽でいいよ。でも、よっぽど天音が何度もたのんだんだろうねえ……」

お勝は、ころころと笑った。

「うん。あたしが都鳥を持つと、皆、急に用事をし出したり、厠へ行ったりしてたのを覚えてる」

天音も声を出して笑った。佐太郎がきょとんとしていて、それがまたかわいいと、天音はお勝と一緒に笑いくずれた。

お勝が夕餉の支度をするため台所へ引っ込んだ。天音は佐太郎のお守を続けている。

饅頭を食べておなかがいっぱいになったせいだろう。佐太郎の目がとろんとしているように感じられた。

佐太郎が、部屋の隅に置いてあった小さな虎の張り子を持って来た。指でそっと虎の頭をつつくと、ゆらゆらと上下に動く。

「おっかちゃんお話ちてる？」

「『佐太郎、生まれてきてくれてありがとう。大好きだよ』って言ってる」

「ちゃあ坊もおっかちゃん大好き。あまねえたんは？」

「あたしもおんなじ。大好きだよ」

『生みのおっかさんも、育てのおっかさんも両方ともね』と心の中でつけ加える。

佐太郎の母親お千恵の幽霊がいた長屋は、佐吉がお千恵と付き合っていたとき、ふたりで住んでいたところなのだそうだ。働いていた飯屋に客としておとずれた佐吉と、お千恵はたちまち恋に落ちたらしい。

水瓶の下から出てきた石は、佐吉によると、おそらく自分と遊びに行った先でお千恵が拾ったものだろうとのことだ。お千恵の声がする石は全部で四つ。佐吉は石を木箱に入れてお千恵の位牌の横に置き、とても大切にしている。

佐太郎にも、なにかお千恵の形見になるような物がないとかわいそうだと天音は思った。天音自身、伯父の千太郎から取り返した亡き母の手紙と、声がするお金を持っている。

手紙はもう数えきれないほど読み返しているし、お金から聞こえる『幸せになるんだよ』という声も、日に一度は必ず聞く。おっかさんに励まされているような、見守られているような、そんな気がするのだった。

たぶん自分はおとなになってもずっとおっかさんの手紙を読み、声を聞き続けるんだろうと思う。そういう支えになるようなお千恵の形見が、佐太郎にもあるといいなと考えたのだった。

たった四つでお千恵と死に別れた佐太郎は、ほとんど忘れてしまうに違いない。それはとても悲しくて寂しいことだ。

お千恵の形見の品があれば、それが佐太郎の生きていくよすがになるのではないか。天音は又十郎に相談してみた。

又十郎がたちまち目をうるませ、「いいことを思いついたな。天音は優しい子だ」

と賛成してくれた。

天音と又十郎は、お千恵が亡くなったあと借り物を返した損料屋をたずね、事情を話して店の品から声がしないか調べさせてもらった。だが、声がする品は見つからなかったのだ。

がっかりしている天音に、損料屋の主がこの張り子の虎をくれた。張り子の虎は損料屋の品ではなく、お千恵が佐太郎のために買った物だろうとのことだ。

「この虎から声が聞こえることにしちゃあどうだい。おっかさんの思いがこもってる品だってのは間違いねえんだから」

損料屋の主の提案を、天音は受け入れることにした。

佐太郎が大喜びだからそれでいい。きっとお千恵も感謝しているだろうと佐吉も言ってくれている。だが、「佐太郎、生まれてきてくれてありがとう。大好きだよ」と言うたびに、天音の胸は少し痛むのだった……。

佐太郎が座ったまま寝てしまおうとしだしたので、天音はひざまくらをしてやった。佐太郎が右手の親指をしゃぶっている。

すぐに佐太郎は眠ってしまった。天音は側にあった半纏《はんてん》をかける。

あと七日で大晦日だ。今年はほんとうにいろいろなことがあった。去年の今ごろは、おっかさんと琴音《ことね》姉ちゃんと鈴音《すずね》姉ちゃん、天音の四人で大掃除やお正月の準備をしていた。

春になったら鈴音姉ちゃんが奉公に出ることになっていたので、来年は三人で大掃除をしなくちゃならないんだなとは思ってたけど、まさか皆いなくなってしまうなんて……。

春に巴屋に引き取られて、新しいおっかさんとおとっつぁん、そしてあんちゃんができた。新しい暮らしにも親きょうだいにも、だいぶ慣れたと思う。

皆優しいし居心地もよい。巴屋の子になったいきさつには悲しみがつきまとっているけれど、だんだん楽しいことが多くなっていくんじゃないかなって最近は考えるようになった。

そして、佐太郎！ ずっとほしかった弟ができるなんて夢みたいだ。それも役者みたいにとびっきり男前の弟。

暖かくなったら着飾らせて連れ歩き、皆に見せびらかしたい。天音は眠っている佐太郎の頭をそっとなでた。

佐太郎は、顔だけでなく性格もよい。きっとお千恵が大切に育てたからだろう。

最初の印象が悪すぎたせいで、天音はずっと佐吉はどこか信用できないという気がしていた。

だから佐太郎のことも、「いくら似てるからって俺の子とは限らねえ」とかなんとか言って、父親としての責めを逃れようとするのではないかと思っていたのだ。

しかし佐吉は、佐太郎が自分の子であることをあっさり認めた。それだけでなく、里子には出さず、自分で育てると言った。

天音は佐吉のことを見直した。すごいと思った。そして、自分が佐吉はどこか信用できないと思っていたことが恥ずかしくなった。

さらに、昔佐吉が里子に出された先でつらい目にあったことを心から気の毒に思った。天音も里子のようなものだが、皆に優しくしてもらって幸せに暮らしている。もっと皆に感謝しなくちゃ。でも、ほんとうに子どものころの佐吉さんはかわいそう。

佐太郎はつらい目にあわせたくないと言った佐吉を思い出し、天音は涙ぐんだ。自分にできることはなんでも、佐吉と佐太郎にしてあげよう。

突然母親を亡くした佐太郎の気持ちも天音にはよくわかる。手助けをしようと天音は心に決めたのだった。

## 2

佐太郎を座布団に寝かせて、天音はお勝にもらった藍色の縞《しま》の端切れのふちをかがり始めた。小さな風呂敷を作るつもりだった。

できあがった風呂敷を裏に向けて半分に折る。できた三角の端をそれぞれひとつ結びにして真ん中に寄せ、表に返してでっぺんを結び合わせると袋ができた。

この袋を張り子の虎の入れ物にするつもりなのだ。ためしに入れてみると、具合よくおさまった。

巴屋に来るとき、佐太郎はいつも張り子の虎を持ってくる。それはいいのだが、手で握りしめているので、これはしないかとはらはらする。声はしなくとも、大切なお千恵の形見なのだから。

でも、この袋に入れれば安心だ。天音は袋から張り子の虎を取り出し、部屋の隅にそっと置いた。

「ただいま!」

又十郎が帰って来た。明日赤ん坊のお七夜《しちや》を祝うという商家へ、膳と器を届けに行っていたのだ。

なんでも、四十年ぶりに男の子が生まれたそうで、たくさんのお客を呼んでどんちゃん騒ぎをするらしい。

店番をしていた平助が又十郎に声をかけた。

「寒かったであろう」

「うん。雪が降り出した。これは明日積もるな」

「また、佐太郎が大はしゃぎよのう」

「風邪ひかさねえようにしないと」

天音は湯飲みに麦湯をいれ、饅頭を盛った皿と一緒に折敷にのせた。

「あんちゃん、こっちで饅頭どうぞ」

とたんに又十郎がでれでれになる。

「ありがとう、天音。すまねえな」

平助が苦笑する。

「おとっつぁんは、あんちゃんと店番交代したら饅頭食べてね。あとまわしでごめんなさい」

「いやいや、いっこうにかまわぬぞ」

相好をくずす平助に、又十郎が眉をひそめた。

饅頭をぱくついている又十郎に、お勝が台所から声をかけた。

「そういえば、お前の大好きな幼馴染《おさななじ》みの花村《はなむら》のお夕《ゆう》ちゃんが子連れで帰ってきてるらしいよ」

「この暮れの忙しいときに里帰りとはな」

「それがねえ、臥せっちまってるとかなんとか」

「ええっ！」

又十郎が口の中の饅頭を麦湯で飲み下すと、勢いよく立ち上がった。

「おっかさん、ちょっと花村へ行ってくる」

「はいはい。あんまり遅くならないようにしておくれよ」

「わかった。おとっつぁん、店番代われなくてすまねえ」

「よいよい、気にするな」

あっという間に又十郎は出かけてしまった。いったいどうしたんだろう……。

ちょっとびっくりしたのが顔に出たのかもしれない。お勝が手ぬぐいで手をふきながらやってきた。

「あーあ、すっ飛んでっちまった。又十郎ったら……。お夕ちゃんは、花村っていう料理屋の娘さんでね。三年前に、浅草の呉服屋倉瀬《くらせ》へ嫁いだ。なんでも、倉瀬の跡取り息子が、花村を手伝ってたお夕ちゃんに一目ぼれしたらしい。いわゆる玉の輿《こし》ってやつだね。又十郎は、お夕ちゃんのことがずっと前から好きだったんだよ。初恋かもしれない。そしてあの様子だと、今でも忘れられないんじゃないかい」

「そうなんだ。あんちゃんにも好きな人がいるんだね」

「幼馴染みで手習いも一緒で。歳はお夕ちゃんがふたつ上なんだけど。あ、好きっていっても、又十郎が一方的にってことだよ」

「片思い？」

「そう。もう嫁いじまったのに、まだ思い続けてるみたいだね。まあ、しょうがないよ。人の気持ちは理屈じゃないから」

お勝がにっこり笑う。

「店番を代わるから、おとっつぁんにおやつをあげとくれ。それから、煮しめをたいてるのを頼むね」

「うん、わかった。佐太郎が寝ちゃってるんだけどどうしよう」

「おとっつぁんに見といてもらえばいいよ」

天音はこくりとうなずいた。

かまどには鍋がかかっていて、ふたを開けてみると、大根、人参、しいたけ、里芋、厚揚げが入っていた。

いいにおい……。おっかさんの煮しめはおいしいから、晩ご飯に食べられるって思うと、ひとりでににこにこしちゃう。食いしん坊でちょっと恥ずかしい。

こがさないように、煮過ぎないように気をつけないとね。

あんちゃんの好きな人か……。お夕さんってどんな感じなんだろう。ちょっと見てみたい気がする。

人を好きになるってどんな気持ちなのかな。親やきょうだいを好きっていうのとは違うよね。血がつながってるもん。

手習い所の友だち……男の子の友だちはいるけど、しゃべったり遊んだりするだけで、あれは『人を好きになる』じゃないよ。

巴屋の皆は、おとっつぁんはおとっつぁんだし、あんちゃんはあんちゃん。好きだけど、それはおっかさんのことを好きって思う気持ちと一緒だから、やっぱり『人を好きになる』じゃない。

うーん、いったいどんな『好き』なのかな。お清《きよ》ちゃんとか他の友だちも、まだだれも『人を好きになっ』てはいないよね。

だって一番おませなお美和《みわ》ちゃんでさえ、好きな人がいないんだから。

それに皆、手習い所の男の子たちは子どもっぽいし乱暴だからお話にならないって言ってるし。

もっと大きくなって、年ごろになったらわかるのかな……。

「あっ！　いけない！」

天音はあわてて鍋のふたを取った。大丈夫。まだたっぷり煮汁がある。

大根と里芋を箸で刺してみたが、すっとは通らない。もう少し煮ないとね。


けっきょく又十郎は夕餉の少し前に帰ってきたので、佐吉と佐太郎を交えていつものように皆でご飯を食べた。だが、又十郎は口数も少なく、ときおり考え込んだりして、どこか上の空であった。

佐吉と佐太郎が帰り、後片付けをしていたお勝と天音は又十郎に呼ばれた。

「ちょっと座って話を聞いてほしいんだ」

又十郎の真剣な面持ちに、天音、お勝、平助は顔を見合わせる。

「花村へ行って仔細を聞いてきた。お夕ちゃんは気鬱の病で、しばらく花村で養生《ようじょう》することになったそうなんだ」

「お夕ちゃんはしゃべれたのかい？」

「うん。わりと普通に。でも、ときどきつらそうな顔をして、ため息ばっかりついて。今日は調子がいいんだっておタちゃんのおっかさんが言ってた。だめなときは、枕から頭が上がらないらしい」

「それは、皆、心配じゃのう。で、気鬱の原因は何なのだ」

「それが、倉瀬の先代の主。つまり、お夕ちゃんの旦那さんの祖父にあたる人が関わってるみたいなんだ。今までは、お夕ちゃんはおじいさんのお気に入りで、大事にされていた。お夕ちゃんの子どもも、ひ孫だからな。ずいぶんとかわいがってたみてえだ」

又十郎が深いため息をつく。

「それが最近、おじいさんがお夕ちゃんを避けるようになったらしい。声をかけてもそっぽを向くし、ときどき『帰れ！』って怒るんだってさ。自分がなにか悪いことをしてしまったんだろうかって、お夕ちゃんはいろいろ考えてみたけど、まったく心当たりはないそうだ」

「おじいさんっていったいいくつなんだろう」

「七十だって聞いた」

「長生きだねえ」

「だよなあ。それでそのおじいさんが、ひ孫にまでつらくあたるんだ。おじいさんが大事にしてた鳩笛《はとぶえ》を、ひ孫がなくしたと怒って折檻《せっかん》しようとしたらしい。どうもお夕ちゃんは、自分がっていうより、子どもがおじいさんにひどい目にあわされるかもしれない不安が大きくて、それが気鬱の原因になってるんじゃないかって、お夕ちゃんのおっかさんが言ってた」

「鳩笛が、なにか思い出の品なのであろうか」

「それは俺も考えた。そこでだ、天音」

急に名を呼ばれた天音は驚いた。

「思い出の品だとすると、亡くなった人の思いが宿ってるかもしれない。そしたら、その『声』をたよりに探せば鳩笛が見つかると思うんだ。倉瀬へ一緒に行って声がしねえかどうか調べてみちゃくれねえか」

「うん、いいよ。わかった」

「ありがとう！　天音！」

又十郎が天音を抱きしめる。

「あんちゃん」

「なんだ？　ほしいものでもあるのか？　なんでも買ってやるぞ」

「……お夕さんに会ってみたい」

「へ？」

又十郎が目を丸くする。天音は、なぜそんなことを言ってしまったのか、自分でもよくわからなかった。

でも、口に出してみると、不思議だけれど、会いたいという気持ちが急に強くなった。

「どんな人なのかなって……だめ？」

「いや、別にかまわねえ。じゃあ、明日倉瀬へ行く前に、お夕ちゃん家に寄ってくかな。うん、そうしよう」

## 3

お夕はすごくきれいな人だった。まつげがとても長くて目の下に影ができている。それがいつものことなのか少しうつむき加減にしているので、よけいにまつげが長く見えるように思われた。

あんちゃんは、こういう人が好みなんだ。どこかはかなげで、守ってあげたくなるような女の人……。

お夕がほほえむ。

「初めまして、天音ちゃん。まあ坊に妹ができたって聞いてから、ずっと会ってみたかったのよ」

「初めまして。……お加減いかがですか？」

「ありがとう。倉瀬の事情はまあ坊から聞いてくれた？」

「はい」

「あたしがおじい様に嫌われるのは、悲しいけどしょうがないってあきらめがつく。でも、この子がけがをさせられたらって思うと、もう怖くてだめなの」

お夕は、人形遊びをしている女の子を抱き寄せた。

「名はお絹《きぬ》。歳は三つ」

目がくりくりしたとてもかわいい子だ。

「こんにちは、お絹ちゃん」

「こんにちは」

おじいさんはこんなに小さな子を折檻しようとしたのだ。信じられない。

ひょっとしておじいさんは正気ではないのだろうか……。

「そのおじいさんなんだけどさ、お夕ちゃん」

又十郎がちょっと言いにくそうに言葉を切った。

「なあに、まあ坊」

「老耄《ろうもう》してるってことはないのかな。そのう……まあ、お年だしさ」

「ときどき変だなって思うことはある……かな。でも、老耄してようとしてなかろうと、お絹をたたこうとしたのが困るの」

「そっか……」

普段はもっとあんちゃんは頭が良いというか、切れるというか、ひらめくというか、聞いてる人が感心するようなことを言うのに。なんだかお夕さんの前だと冴《さ》えないんだね……。

これは、あんちゃんがお夕さんを好きだからっていうのと関わりがあるのかな。

天音はふと思いついてたずねた。

「鳩笛は、ほんとうにお絹ちゃんがなくしたんですか？　おじいさんがどこかへ置いたりしまったりしたのを忘れてるんじゃないでしょうか」

「そうかもしれないんだけどね。お絹も、おとなが持ってる物をほしがるくせに、すぐあきて放り出しちゃうことがあるから」

ため息をついたお夕がとても悲しそうに見えたので、天音は急にお夕のことがすごくかわいそうに思えてしまった。

「あたし、鳩笛を探します。きっと鳩笛はおじいさんの思い出の品だから、亡くなった人の声がすると思うんです。がんばって絶対に見つけますから、そんなに悲しい顔しないでください」

「天音ちゃん、ありがとう……」

はらはらと涙をこぼしながら、お夕が天音を抱きしめた。

「通りの向こうから三軒目がお夕ちゃんの嫁ぎ先の倉瀬……」

「あんちゃん、どうしたの？　顔色が悪いよ」

「いいや、別になんでもねえ」

「あっ、もしかして、幽霊がいるの？」

「ああ、たぶん……」

「倉瀬に？」

又十郎がうなずく。

「前に倉瀬へ来たときは、俺、まだ幽霊の姿が見えなかったからなあ。元からいるのか最近かはわからねえけど、倉瀬に憑いてる幽霊がいるってことだな」

天音は思わず立ち止まった。怖い……。

「大丈夫か？　天音。あんちゃんが先に行って、大丈夫な幽霊かどうか確かめてくるから、ここで待ってろ」

うなずこうとしたそのとき、天音の頭に、お夕の悲しそうな顔が浮かんだ。あたし、お夕さんに、がんばって鳩笛を探すって言ったんだった。

怖がってちゃだめだ。

「あたしは平気。一緒に行く」

「ええっ！　ほんとかよ」

こくりと天音はうなずいた。

「じゃあ、俺があぶないから逃げろって言ったら、一目散に走って逃げるんだぞ。いいな」

「わかった」

天音と又十郎は勝手口から倉瀬に入った。ふたりが来ることは、お夕が知らせているはずだ。

「今日は来てくれてありがとう」

「暮れのお忙しいときにおじゃましてしまってすみません」

「こちらこそ、忙しいときにうちのごたごたを解決するために来てもらってすまない。心からありがたいと思ってるよ」

又十郎とあいさつを交わしている男の人が、あまりに美男なので、天音はびっくりしてしまった。天音が会ったことのある一番の男前は佐吉だったのだが、この男の人は佐吉といい勝負だ。

歳は二十過ぎくらいだろうか。どこも文句のつけどころがないきれいな顔立ちだ。

佐吉がちょっと影のある（と前におっかさんが言っていた）男前なのに比べて、この人は明るくてさわやか。佐吉がお月様ならば、この人はお天道様《てんとさま》というところだ。

「亀一郎《きいちろう》さん、こちらは俺の妹の天音です。天音、こちらは亀一郎さん。お夕ちゃんの旦那さんだ」

「初めまして。天音です。どうぞよろしくお願いします」

「こちらこそ、今日はありがとう。よろしくたのむな」

亀一郎がにっこり笑う。きれいだなあと天音はつい、ぼうっとしてしまった。

「おい、天音」

又十郎につつかれて、天音ははっと我に返った。この人がお夕さんの旦那さんで、お絹ちゃんのおとっつぁんなのか。

亀一郎さんとお夕さんは美男美女の取り合わせ。お似合いの夫婦だなあと天音は思った。

亀一郎さんってほんとうに美男子だ。あっ……、あんちゃんはお夕さんをこの人に取られちゃったってことだよね。

うわあ、亀一郎さんみたいにとびっきりの美男が相手じゃ、あんちゃん分が悪いよ。絶対に勝てっこない。天音は又十郎がかわいそうになった。

でも、いくらかわいそうでも、負けは負けだよね。妹のひいき目でみたって、あんちゃんが勝つのは無理。

「亀一郎さん、実は、この家にどうも幽霊が憑いているようなんです」

又十郎の言葉に亀一郎が目をむく。これだけ美男だと、びっくりした顔もきれいなんだなあと、天音は妙なところに感心してしまった。

「ええっ！　いったいどこに」

「それが俺にもわからないんです。今日、これから、家の中を調べさせてもらってもいいでしょうか」

「もちろん。たのむよ、又十郎」

「それじゃあ失礼します」

又十郎は幽霊の気配をたどっているのだろう。家の中をそろそろと進む。亀一郎がその後ろに続き、天音は一番うしろをついていった。

又十郎も亀一郎も、おっかなびっくりで腰が引けてしまっているのがおかしかった。でも、きっと自分もそうなので、笑う気にはなれない。

廊下を歩いていた又十郎の足が止まった。右手奥の部屋をじっと見ているようだ。

「一番奥はだれの部屋ですか」

「……じいさんの部屋だ」

「今、中にいらっしゃいますかね」

「どうだろう。ちょっと聞いてみる……じいさん！　俺だ。亀一郎だ。入ってもいいか？」

皆、じっと耳をすます。返事は聞こえない。

「いねえのかな？　おーい、ちょっと開けるよ」

亀一郎はふすまを少し開け、中をのぞいた。

「なあんだ。だれもいねえや。じいさんどこへ行ったんだろうな。又十郎も天音も入っても大丈夫だぜ」

部屋へ入るなり、又十郎がたたみにひざをつきつぶやいた。

「お夕ちゃん？」

お夕がいったいどうしたというのだろう。天音は亀一郎と顔を見合わせた。

ゆっくりと又十郎が壁を指差す。

「ここに幽霊がいます」

「ひえっ！」と亀一郎が叫びしりもちをついた。きっと腰が抜けてしまったのだろう。

天音は怖くて、又十郎の背中に抱きついた。

「大丈夫だ。心配するな」

又十郎が頭をなでてくれる。又十郎の手は大きくてあたたかいので、なでられるといつもほっとする。

又十郎は懐から矢立と紙を取り出し、一心に筆を走らせた。又十郎が幽霊の絵を描いているのを見るのが、天音は大好きだ。

怖いけれどもどきどきする。いったいどんな幽霊なのだろうと……。

やがてできあがった絵姿を見て、天音も亀一郎も「あっ」と叫んだ。それはお夕にそっくりな若い女子《おなご》だったのだ。

でも、お夕さんじゃないよね。だって、お夕さんにはついさっき会ったばかりだもの。

亀一郎がつぶやく。

「お夕にそっくりだが、よく見るとやっぱり違う。これはいったいだれなんだ」

さすが夫婦だけあって、お夕と幽霊の細かい違いがわかっているようだ。

絵姿の幽霊はどこか寂しそうに見えた。

「おい！　人の部屋に勝手に入って、こそこそなにをしているんだ！」

怒鳴り声にびっくりして、皆、飛び上がった。天音は又十郎の腕にぎゅっとしがみつく。

部屋の入り口に、背の高い痩《や》せた老人が立っていた。鷲鼻《わしばな》と切れ長の目が印象的だ。

「じいさん、ごめん。俺の友だちの又十郎と妹の天音に、じいさんを会わせようと思って」

亀一郎の言葉に、又十郎と天音はあわてて頭を下げた。お夕の名は出さないほうがいいらしいということは天音にもわかる。

「ほう。わしは先代の倉瀬の主、彦兵衛《ひこべえ》じゃ。わしに用があるのか」

亀一郎がうなずいてみせたので、又十郎が幽霊の絵姿を見せた。

「この人に見覚えはありませんか」

部屋の壁の前に幽霊がいるとは言えないよね。彦兵衛さんびっくりしちゃうもの。お年寄りは心の臓が弱ってる人もいるから、あんまり驚かせちゃいけないっておっかさんが言ってたし。

又十郎から受け取った絵姿を、彦兵衛がじっと見つめる。だれか知ってる人なのかなあ……。

「こんな女子わしは知らん！」

叫ぶなり彦兵衛が絵姿をびりびりと破いてしまった。あまりのことにだれも声が出せない。

「うるさい、うるさい、うるさいっ！　わしにかまうな！　出て行け！」

彦兵衛が地団太を踏み、顔を真っ赤にして怒鳴ったので、天音たちは部屋を飛び出て廊下を走って逃げた。彦兵衛が追っかけてくる気がしたのだ。

「すまねえ」

亀一郎が頭を下げる。

「お気になさらないでください。部屋に黙って入った俺たちが悪いんですから」

「天音もびっくりさせて悪かったな」

天音はかぶりをふった。そういえばあたしのことずっと呼び捨てだ、と、ふと思う。

なぜかほおが熱くなった。又十郎にちょっとにらまれたような気がする。

「じいさんも、前はああじゃなかったんだ。温厚で優しい人で、親父に叱られたときは、よくかばってくれたりしてた。だけど、ここ最近、人が変わったみてえにおこりっぽくなっちまってな。すぐにかんしゃくを起こす。ばあさんが亡くなったのはもう四年も前だからなあ。それが原因だとは考えられねえから、やっぱり老耄してるんだろうか……」

描き直した幽霊の絵姿を倉瀬の人々に見せたが、知っていると言った者はだれもいなかった。

次は天音の出番だ。亡くなった人の声がする鳩笛を探す。でも、ほんとうのところ、鳩笛から声がするとは限らない。

むしろ、声がしないのが普通じゃないだろうか。お夕さんの力になりたいあんちゃんのうっちゃり……じゃなかった……そう！　勇み足ってことじゃないのかな。

まあ、あたしもさっきお夕さんがあんまりかわいそうで、きっと鳩笛から声がするからがんばって絶対見つけるって言っちゃったし、あんちゃんと同じだよね……。

よしっ。あたしもお夕さんと亀一郎さんの力になってあげたいから、がんばってみよう。

鳩笛をなくしたのは彦兵衛さんかお絹ちゃんだと考えられる。お絹ちゃんはまだずっとおとなといっしょで、ひとり歩きはさせていないとお夕さんは言っていた。なのでお絹ちゃんが鳩笛を持っていたら、そばにいるおとなが気がつくだろう。でも、そのおとなが彦兵衛さんだったら……。

ということは、鳩笛をなくしたのは、彦兵衛さんか彦兵衛さんと遊んでいたお絹ちゃんってことになるんだと思う。

天音は又十郎と亀一郎に付き添ってもらって、家の中と店をくまなく探した（彦兵衛の部屋は、彦兵衛が昼餉を食べているすきにこっそり調べた）。でも、声がする物は見つからなかった。

次は庭だ。亀一郎が父の作左衛門《さくざえもん》に呼ばれたので、天音は又十郎とふたりで庭の探索をすることにした。

庭といっても広い。おまけに昨夜積もった雪が溶けずに残っていてとても寒い。

「ごめんな、天音。こんな寒い日に俺のわがままで。つれえよな」

又十郎が泣きそうな顔になっている。

「あんちゃんのわがままじゃないよ。あたしだってお夕さんの力になりたいし、亀一郎さんも気の毒だし。大丈夫。おっかさんがたくさん着せてくれたから」

「天音……」

又十郎が鼻をすった。あんちゃんは泣き虫だ。そこがいいとこだけど……。

庭には池もあって鯉《こい》がいた。でも、寒いらしくてじっとしている。

寒くても鯉は火鉢にもあたれないし、炬燵にも入れないし、お風呂にだってつかれない。かわいそうだ。

池に鳩笛が落ちているかもしれないので、天音は池の側でしゃがんで目をつむり耳をすました。天音が池に落ちやしないかと心配になったのだろう。又十郎が天音のそでをがっちりつかんでいる。

声は聞こえなかったので、天音は立ち上がった。又十郎がほっとしたように息をはく。

「ほんとにごめんな。こんなに手、冷たくなっちまって」

又十郎が天音の両手を自分の手で包んでくれた。

「いったん家へ入って、あったかい麦湯でも飲ませてもらおうな」

又十郎の言葉に、天音はかぶりをふった。

「あと裏庭だけだから、続けて調べてみる」

「……そうか、ごめんな」

「あんちゃん、そんなにあやまらなくても大丈夫」

「うん。すま……いけない。またあやまっちまった」

天音と又十郎は顔を見合わせて笑う。

「おーい」と声がしたので、ふたりはふり返った。亀一郎が駆けてくる。

「すまねえ。親父の用が長引いちまって。わあ、天音。ほっぺたが真っ赤だ。寒いよなあ、雪残ってるし。ごめん。うちへ入ってなにかあったけえもんを食おう」

「ありがとうございます。でも、あと裏庭だけなので続けて探します」

「うーん。じゃあ、俺も一緒にいるよ。天音だけに寒い思いをさせるのはあんまりだから。あ、そうだ。これ、かぶっときな」

亀一郎は自分の手ぬぐいを天音の頭にかぶせてくれた。又十郎もさっき手ぬぐいを首に巻いてくれた。

ふたりとも優しい。天音はうれしかった。体だけでなく、なんだか心もぽかぽかしている気がする。

裏庭を探し始めて四半刻――。鳩笛から声が聞こえるかもしれないと考えたのは、やっぱり勇み足だったんだなと天音が思い始めたそのとき。

天音は小さな女の子の声を聞いた気がして棒立ちになった。

「どうした、天音。腹でも痛いか」

天音は人差し指をくちびるにあて、静かにするように合図をすると、目を閉じて耳をすませた。

小さくてか細い声だけれど確かに聞こえる。たぶん椿《つばき》が植わっているあたりだと思う。

天音は椿の木に近づいた。背後で又十郎と亀一郎がかたずをのんでいる様子なのが感じられる。

天音は椿の木のまわりをゆっくりと歩いた。上のほうでもなく、根元でもない。声は木の真ん中あたりから聞こえてくる。おそらく声がするものは、茂っている葉と枝のどこかに引っかかっているのだろう。

天音はそっと手を入れ、枝葉を押し分けるようにして探した。一瞬白いものが見えた気がする。

　白いけれど雪ではない。椿の枝にひっかかれながら、天音は手を伸ばした。その白いものは硬くて細長い形をしているようだ。天音の胸はおどった。椿の茂みに落とし込んでしまわないように気をつけながら、天音は白いものをしっかりにぎりしめて引き寄せた。手を広げて確かめた天音は叫んだ。

「あった！　鳩笛を見つけた！」

　又十郎と亀一郎が一瞬顔を見合わせ、「やった！」と言いながら抱き合う。鳩笛はおそらく大切にされていたのだろう。古びて色あせているが、ひびや割れはなかった。

　天音はそっと鳩笛を右手でにぎり、胸にあてて目を閉じた。

「あんちゃん、ありがとう。お園《その》、大切にするね」

　五つくらいだろうか。女の子の声だ。おそらくお園という名前なのだろう。

「ほんとうにもう。大の男がふたりもそろってなにをやってるんだろうね。小さな女の子をこの寒い中、長らく外にいさせるなんて、風邪をひいたらどうするつもりなの」

亀一郎の母のお波《なみ》にお説教をされているのは又十郎と亀一郎だ。お波の前にふたり並んで正座をし、うなだれている。

「女に冷えは禁物。そんなこともわからないのかしら」

「あのう、女将さん。あたしが探すって言ったんです」

「天音ちゃんは気にしなくていいのよ。さめないうちにおあがりなさい」

「……はい。ありがとうございます」

天音は雑炊の入った丼を手に取った。具は刻んだ揚げとネギ、そして卵……。卵入りの雑炊なんて、よっぽどの病気でなければ食べられないごちそうだ。天音は木匙でそっと卵をつぶし、黄身の混じった雑炊をほおばった。

「おいしい……」

思わず口に出してしまってあわてる天音に、お波は優しくほほえんだ。

「それはそうとおっかさん」

「なんですか、亀一郎」

「お園って名に心当たりはないかな。天音が『あんちゃん、ありがとう。お園、大切にするね』という五つくらいの女の子の声が鳩笛から聞こえるって言うんだ」

「お園ねえ……」

お小言を中断して思案顔になったお波に、又十郎と亀一郎がほっとした表情になる。

「なんだなんだ、ふたりともどうした。お波に説教をくらってるのか」

「わはは」と笑いながら主の作左衛門が部屋に入ってきた。大柄ででっぷりと肥えている。

「聞いてくださいよ。亀一郎ったら……」

「ごめん、おっかさん。ちょっとおとっつぁんと話をさせてほしいんだ」

お波はしぶしぶといった体《てい》で口をつぐんだ。

「又十郎の妹の天音が、裏庭の椿の茂みからこの鳩笛を見つけ出した」

「ほう。それはお手柄だ。ありがとう、天音ちゃん」

作左衛門が頭を下げたので、天音も急いで礼をする。亀一郎が鳩笛を作左衛門にわたした。

「鳩笛から『あんちゃん、ありがとう。お園、大切にするね』って、五つくらいの女の子の声が聞こえるらしい」

「お園か……。どこかで聞いたことがある気がするな」

「おとっつぁん、それ、ほんとう?」

手に持った鳩笛を眺めながら、作左衛門は一生懸命思い出そうとしているようだった。

しばらくして、突然、作左衛門が「わかった！」と大声で言った。

「お園っていうのは先代の妹の名だ。きっと先代が、昔、妹に鳩笛を買ってやったんだと思う。そして、妹は嫁ぐときに鳩笛を置いて行った。まあ、子どものころのおもちゃだからな。そのあと先代が持ってたんだろう」

いったん言葉を切った作左衛門がため息をついた。

「先代は、ああ見えて若いころは遊び人だったらしい。親が早くに亡くなって店を継いだはいいが、遊びが過ぎてもう少しで倉瀬をつぶしちまうところだった」

「ええっ！　俺、全然知らなかった……」

「私も初耳です」

お波の言葉に、ちょっと作左衛門の目が泳いだ。

「で、そのお園って人が金貸しの後添えになるのと引き換えに、借金を金貸しに肩代わりしてもらってなんとか持ちこたえたそうだ」

「後添えって、金貸しはお園さんよりうんと年上だったってこと？」

「まあ、そういうことだな」

お波の顔が曇る。

「お気の毒に……」

「あと、お園さんは店が火事になって、夫の金貸しと一緒に亡くなっちまった。全部私が生まれる前の出来事だから、聞いた話ということになるが……」

天音は息をのんだ。お波が涙ぐむ。

「まあ、なんてむごいこと……」

目を赤くした又十郎がたずねた。

「その、金貸しの店は、今どうなっているんでしょう」

「息子が跡を継いだと聞いたが、どうかしたのか？」

「明日にでも、金貸しの息子さんに、この絵姿を見てもらおうと思います」

又十郎が彦兵衛の部屋に憑いている幽霊の絵姿をふところから取り出した。

「俺は、この幽霊がお園さんだと思うんです。もしそうだとしたら、お園さんとお夕ちゃんは似ているということになります。彦兵衛さんは、きっとお夕ちゃんのことをお園さんと間違えているんじゃないかと」

「なるほど」と作左衛門がつぶやく。

「お園さんはお店を守るために金貸しと夫婦になり、そして火事で亡くなってしまった。その原因を作ったのは彦兵衛さんです。だから彦兵衛さんはお園さんに対して、ずっと、すまないとか申し訳ないとか思い続けてきたんでしょう。そのお園さんが自分を恨んで化けて出たと勘違いして、お夕ちゃんにつらくあたるのではないでしょうか」

4

次の日、天音と又十郎は、お園が嫁いだ金貸しの店をたずねるため神田へ向かった。

「昨日はほんにすまなかったな、天音。体の調子くずしたりしてねえか」

すまなそうにしている又十郎に、天音はほほえみながら「大丈夫」と答えた。

昨日は帰ってからも又十郎は、平助、お勝、佐吉と、皆に小言を言われた。もちろん、寒い中長らく天音に鳩笛を探させたことに関してである。

特にお勝にはかなりこっぴどく叱られていて、ほんとうに気の毒だった。

「あたしこそごめんね。続けて探すって言ったのはあたしなのに、あんちゃんばっかり皆に叱られて」

「いや、あのとき無理にでも止めなきゃいけなかったのに……。なんか俺、お夕ちゃんを助けなきゃってあせっちゃってたみてえだ。すまねえ」

「そんなのいいよ。あたしだってお夕さんの力になりたくって探したんだもの」

「ありがとう……。あとでなんかうまいもん食わしてやるからな」

あんちゃんにとって、やっぱりお夕さんは特別なんだ。もちろんやきもちをやいたりはしない。

お夕さんはとってもいい人だし、天音も大好きだ。こうやってあんちゃんと話してるのがなんだかうれしい。どうしてだろう……。

歩きながら考えていた天音は気がついた。又十郎が自分があせってしまっていたことをかくさずに、ちゃんと天音に話してくれたからだ。

おとなあつかいしてくれたのもうれしいし、ほんとの兄妹になれた気がしてうれしい。

あ、ということは、自分の気持ちをあたしが正直に話したほうがあんちゃんもきっとうれしいんだ。これからはちゃんと話そう。

お園が嫁いだ金貸しはもうひ孫の代になっていた。お園が亡くなってからすでに四十年以上たっているらしい。

幸い、孫にあたる先代が話をしてくれることになった。歳は五十五だそうだ。

「祖母といっても、お園さんは私より十しか上じゃなかったからね。きれいな人だったよ」

又十郎が幽霊の絵姿を見せた。

「どれどれ……。あっ！　こりゃお園さんだ！　お前さんはどうしてこれを？」

「お園さんの幽霊が、お園さんの兄の彦兵衛さんの部屋に憑いてるんです」

「ええっ！　どうしてだろう」

「わかりません。理由がわかれば、思い残しを晴らして成仏させてあげられると思うので、なにか手がかりがないかとこちらにおうかがいした次第です」

「そうだったのか……。お園さんと夫婦になったとき、祖父は今の私より少し年下だったけど、年よりずいぶん若く見えた。それに、お園さんと一緒になってからは、若作りをしていたようだよ。自分があまり年寄りに見えると、お園さんがかわいそうだと思ったんだろうね」

「夫婦仲はよかったってことでしょうか」

「うん。だからお園さんも死ぬ羽目になってしまったんだ」

「……どういうことですか？」

「うちの店が火事にあったとき、皆逃げ出して無事だった。なのに祖父が証文の入った文箱《ふばこ》を取りに帰ってしまってね。お園さんは祖父を連れ戻そうとしたんだが、結局ふたりとも炎にまかれて……」

鼻の奥がつんとしたと思ったら、たちまち涙があふれ出る。お園さん……。天音はそでで涙をぬぐった。

「お園さんはこちらで幸せに暮らしていたんですね」

「祖父とふたり、どこへ行くにも一緒でとても楽しそうだった。子どもこそ授からなかったけど、幸せだったと私は思う」

「お園さんが幸せに暮らしていたことを、兄の彦兵衛さんはご存じだったんでしょうか」

「もちろん承知してたよ。嫁いで来てからも行き来はあったし。それになにより、祖父を助けようと火の中へ飛び込んで亡くなったんだから、もうそれで充分わかったと思う。それにしても、お園さん、なにが心残りなんだろうな」

「彦兵衛さんが近ごろ老耄したみたいなんです。それで、どうも孫嫁をお園さんと勘違いしているらしくて」

「……うちの親父《おやじ》も亡くなる数年前からそうだった。ちょっと前にあったことでもすぐ忘れちまう。季節や日にちはもちろん、今が朝なのか夜なのかすらわからなくなる。ここはどこだとかお前はだれだとかも。目をはなしたすきに家から出て行ってしまって迷子になって……夜中でもだよ。皆で手分けして探すと、ものすごく遠くまで行ったりしてたなあ。あと、昔のことはけっこうよく覚えてて、自分が子どもだったころの同じ話をそれこそ何十遍も聞かされるんだけど、『あのときお前はいくつだったかなあ』って聞かれたことがあってね。親父が子どものときに私がいるわけないだろ。もう落語だよ。最後は私が倅だっていうのもわからなくなってしまってた。あのころはほんとに大変だったけど、自分が年を取ると、それもまた幸せなことかもしれないと思うようになったよ。つらかったことも悲しかったことも皆忘れて、死ぬのも怖くなくなって……」

帰り道、又十郎が言った。

「俺、もちろん天音もそうなんだけど、お夕ちゃんにはずっと幸せでいてもらいたいんだ。だからお夕ちゃんのことばっかり考えちまってた。でも、お園さんもちゃんと成仏させてあげなきゃいけないし、彦兵衛さんも穏やかな余生をおくらせてあげなきやなんないよな……」

ああ、やっといつものあんちゃんに戻った。天音はなんだかほっとした。

でも、あんちゃんはお夕さんのことをほんとうに好きなんだね。すごい……。

あたしもいつか、そんなふうに人を好きになるんだろうか。でも、大切な人がいるっていうのはいいなあ……。

天音にだって大切な人は何人もいる。そして自分が又十郎の大切な人のひとりであることも、天音にはとてもうれしかった。

5

家へ帰る前に又十郎と天音は、お夕に会うために花村へ立ち寄った。

座るなり、天音はお夕に抱きしめられた。

「天音ちゃん、鳩笛を見つけてくれたんだってね。ありがとう！」

「あ、いいえ、どういたしまして」

「まあ坊もいろいろありがとう。亀一郎さんからだいたいのことは聞いたの」

「じゃあ、話が早いや。今日、俺と天音はお園さんが嫁いでいた金貸しの店をたずねて、義理の孫にあたる人に話を聞いてきた。彦兵衛さんの部屋に憑いてる女子の幽霊は、やっぱりお園さんだった。ということは、彦兵衛さんは、お夕ちゃんをお園さんと勘違いしてるんだと思う。あと、お園さんと夫の金貸しは仲睦まじい夫婦だった。火事のときも、お園さんが夫を助けようとしてふたり一緒に亡くなったそうだ。だから、お園さんは不幸せではなかった。そしてそのことは彦兵衛さんも承知していた」

「じゃあ、なぜ、あたしを避けたり、そっぽを向いたり、怒って『帰れ！』って言ったりするんだろう」

「それなんだけど、そのときの彦兵衛さんの様子をもう一度思い出してみてくれねえか」

又十郎に言われてお夕が考え込む。かたわらで遊んでいた娘のお絹が、お夕のひざに上がろうとしたので、天音は「お絹ちゃん」と呼んで、手招きをした。

お絹がにこにこしながらやって来たので、自分の隣に座らせ頭をなでる。お絹は持っていた人形でおとなしくひとり遊びを始めた。

「そういえば、たしか『文句があるのか』って言われて、あたしあわてて、『いいえ、なにもありません』って答えたのを思い出した。あと、『出戻って来たのか！』ってすごく驚かれたこともあったっけ。『違います』って言ったんだけど、聞こえなかったのか、おじい様なんだかぶつぶつ言ってたなあ。ええと……そう！　借金がどうとかって。すごく困ってるような様子だったから『大丈夫ですか？』って聞いたら『あっちへ行け』って言われちゃった。そのあとからね。避けられたり、そっぽを向かれたり、怒って『帰れ！』って言われ出したの」

つらかったのを思い出したのだろう。お夕がそっと指で目頭を押さえた。

「大丈夫かい、お夕ちゃん。嫌なことを思い出させちまってごめんよ」

「いいの。平気よ。まあ坊や天音ちゃんにいっぱい苦労かけてるんだから、せめてあたしもできることはちゃんとやらないと。自分と娘のことなんだし。おじい様があたしとお園さんを間違えてるんだったら意味が通じるかもしれない」

「あのね」

思いがけず声が出て、自分でもびっくりしてしまった。言おうかどうしようかやっぱりやめようかと迷っていると、又十郎がほほえんだ。

「言ってみな。誰も笑わねえから」

お夕も優しい笑顔でうなずく。天音は勇気をふりしぼった。

「お園さんが金貸しの旦那さんと幸せに暮らしてたってことを、彦兵衛さんは忘れちゃったんだと思う。だからお夕さんを見て、お園さんが文句を言いに帰って来たと思ったんじゃないかな」

「おお！　きっとそうだ！　天音、よく思いついたな」

「天音ちゃん、すごい！」

「ということは、『出戻って来た』ってのも、お園さんが夫と暮らすのが嫌で実家に帰って来たって思ったんだな。お園さんが金貸しと離縁することになったら、肩代わりしてもらった借金を返さなきゃならなくなる」

「それでおじい様困ってたんだね。なんだかかわいそうになってきちゃった。ねえ、まあ坊。あたしおじい様にどうしてあげたらいい？」

ああ、お夕さんはすごい……。思い出すだけで涙ぐむほどつらい目にあったのに、おじい様がかわいそうだからなんとかしてあげたいって。

お夕さんはほんとに優しくていい人なんだ。さすがはあんちゃんの大好きな人。天音はなんだかとてもうれしくなってしまったのだった。

次の日、お夕はお絹を連れて倉瀬へ帰ってみることにした。又十郎がおくっていくというので、天音ももちろんついてゆく。

彦兵衛の前では、お夕はお園のふりをすることにした。まずはお絹を連れてあいさつをしに彦兵衛の部屋へ行く。

天音が付き添って、もしものときは近くの部屋にいる皆に急いで知らせる手はずになっていた。

亀一郎がお夕の肩を抱く。

「いいか、お夕。じいさんが手をあげようとしたら大声で叫んで逃げろ。俺がすぐ助けに行くからな」

又十郎が天音の頭をなでた。

「天音。なにかあったら、叫びながらお絹ちゃんを抱いて走れ。あんちゃんは廊下にいるから」

こくりと天音はうなずいた。お絹は佐太郎より体も小さくて軽い。ちゃんと抱えて逃げられる。

お絹を真ん中にして右に天音、左にお夕。廊下からお夕が声をかけた。

「あんちゃん、お園です。入ってもいい?」

「……ああ」

お夕と天音は顔を見合わせうなずきあった。胸がどきどきする。天音は大きく息を吸った。

お夕がふすまを開けると、火鉢の側に彦兵衛が座っていた。幸いなことに、怒ってはいないようだ。

天音たちは彦兵衛の前に並んで座った。

「あたし、赤子を授かったの。それでうちの人が、実家へ里帰りして産んだほうが安心だからそうさせてもらえって」

彦兵衛が無言のまま、天音とお絹をじろりと見る。

「この子は私の子で、お絹。こっちはうちの人の縁者で天音ちゃん」

天音はていねいに頭を下げた。

「お園、お前、子がおったのか」

「ええ。お絹は年が明けたら四つになるのよ」

「今度は跡継ぎを産まねばな。お園が育った家だ。のんびりすればいい。滋養のあるものをうんと食べて良い子を産めよ」

「ありがとう、あんちゃん」

彦兵衛がうなずいた。優しい笑みを浮かべている。彦兵衛さんは今でもお園さんのことを大事に思ってるんだ。老耄しても大切な人への思いは変わらない……。天音は泣きそうになった。お夕も目をうるませている。

「お絹だったかな。こっちへおいで」

彦兵衛が手招きをすると、お絹がとことこ歩いて彦兵衛のひざに座った。

「おお、けっこう重たいのう」

「おおじいちゃん」

天音の心《しん》の臓《ぞう》がぎゅんっと跳ね上がった。お絹の歳では、彦兵衛に話を合わせるのは無理だ。

「わしはお絹のおじさんなんじゃが、まあ、よいか」

よかった……。彦兵衛が愛《いと》おしそうにお絹の頭をなでる。天音は小さく息をはいた。

「ところで、お園」

「なあに、あんちゃん」

「夫の金貸しはどうした。わしにあいさつはなしか」

お夕と天音は思わず顔を見合わせた。どうしよう……。亀一郎を連れて来たのでは、お園の夫がずっとこの家に住んでいることになってしまうから、彦兵衛が変に思うだろう。天音はあせった。どうしよう、どうしよう……あっ！

「すみません、今、連れてきます」

お夕に目配せをすると、天音は廊下へ走り出た。

「どうした、天──」

天音に制止され、又十郎は口をつぐんだ。天音は又十郎の耳元でささやく。

「今からあんちゃん、お園さんのお婿《むこ》さんで、あたしはあんちゃんの妹だからね」

「はぁ？」

天音は、目を見開き、口をぽっかりあけている又十郎の手を引っ張って部屋の前へ連れて来た。ふすまを勢いよく開ける。

「すみません。兄を連れてきました。お腹が痛くなって厠をお借りしていたんです」

「ははは。おや？　いやに若いな」

彦兵衛の言葉に皆が顔をこわばらせた。

「金貸しはわしよりずっと年上のはず。それに顔も全然違うではないか。だまされんぞ」

又十郎がまっ青になっている。反対に彦兵衛は怒りで顔を赤くしていた。

「あんちゃん！　私の旦那様に向かって、なんて失礼なことを言うの！　いくらあんちゃんだって承知しないから！」

お夕がその美しい顔をゆがめ、彦兵衛をにらみつける。彦兵衛がたちまちしゅんとなって頭をかいた。

「すまん、お園。ちょっと勘違いをしていたようだ。それで、あれか？　腹痛《はらいた》はわしに会うので緊張したか」

「……は、はい。その通りです。失礼いたしました」

「お園にだけあいさつをさせ、自分は厠で座っておるというのは、ずうずうしいのう」

「まことに申し訳ございません。この度、ふたり目の子を授かりました。つきましては、こちらで赤子を産ませていただきたくお願い申し上げます」

又十郎が礼をする。彦兵衛は満足そうにうなずいた。お夕がそっと自分の胸を手で押さえる。天音もほっと息をついた。

「わかった。お園はわしが責任をもってあずかるから心配するな。ところで、ええと……名は何だったかな」

あっ！　大変！　天音は心の中で叫んだ。金貸しの名はだれも知らない。

「……又十郎です」

あんちゃんったら……。絶望が天音の胸にあふれる。

「それは違うぞ。鉄蔵《てつぞう》じゃ」

「す、すみません！　又十郎は子どものころの名です」

「取って食ったりはしないから、まずは落ち着け」

「はい」と言いながら又十郎がひたいの汗をそででぬぐおうとするのを、お夕が自分の手ぬぐいで押さえた。

いきなり彦兵衛が土下座をする。

「鉄蔵、折り入ってお願いがある。お園を離縁してやってくれ。金なら返す。たのむ！」

「あんちゃん、急になにを言い出すの」

「すまない、お園。わしのせいで意にそまない相手と娶《めあわ》せ、お前を不幸にしてしまった。ほんとうにすまない。……お園、許してくれ。あんちゃんが悪かった」

土下座したまま号泣する彦兵衛を、天音たちは呆然と見つめた。やっぱり彦兵衛さんは、お園さんが幸せだったことを忘れてしまっている。

そして、お園さんを金貸しに嫁がせたことを、こんなに悔いて、申し訳ないと思ってるんだ。なんて気の毒なんだろう……。

天音はそっと彦兵衛を抱え起こした。

「兄さんは、子どものころからずっとお園さんのことが大好きでした」

「ちょっ、天音！　お前、なんてことを言うんだ！」

「しぃっ！　もう、まあ坊ったら。邪魔しちゃだめでしょ」

「え？　あ、そっか。お夕ちゃんじゃなくてお園さんだったっけ……」

「だからお園さんがお嫁に来てくれたのがうれしくて、妹のあたしがやきもちを焼くくらい大切にしてます。ふたりは仲良しで、毎日とても幸せに暮らしてるんです」

「ほんとうか」と言いながら彦兵衛が顔を上げた。

「ええ。あたしほんとうにすごく幸せよ、あんちゃん」

お夕がにっこり笑う。又十郎が深々と頭を下げた。

「お園と子どもたちを必ず幸せにいたしますので、どうぞご安心ください」

彦兵衛の目から再び涙があふれる。

「鉄蔵、頼んだぞ。……よかったなあ、お園」

又十郎がはっとした顔で壁のほうを見た。きっとお園の幽霊がいなくなったのだなと天音は思った。

今日はいよいよ大つごもり。朝から皆大忙しだ。

お勝が佐太郎を呼ぶ。

「ばたばたしててすっかり忘れてた。さぁ坊のおててのの爪が伸びてるんだよ」

佐太郎をひざに抱き、お勝が慎重に爪を切る。おっかさんはすごいなあ。あんなちっちゃな爪切るの、あたしにはとても無理。

……あれ？　天音は耳をすませた。なにかが聞こえる。

「ちょっと待って！　おっかさん！　さぁ坊の爪から声がする！」

紙の上に集めた佐太郎の爪をお勝から受け取り、天音は目を閉じた。

「……『一緒にいてあげられなくてごめんね』って。お千恵さんの声だ！」

天音の目から涙があふれ出す。お勝が天音の頭を優しくなでた。

「きっとお千恵さんが、今際の際にさぁ坊を抱きしめて、深く、強く思ったんだ。お千恵さんの思いがこもってたのはさぁ坊自身だったってこと。探しても見つからないはずだよ。爪がさぁ坊の体からはなれて『物』になったから、声が聞こえるようになったんだね。お千恵さん、どんなに心残りだったろう」

天音はそでで涙をぬぐい、紙に包んだ爪を佐太郎の守り袋に入れてやった……。

店も閉め、新しい年を迎える準備はすべて整った。あとは佐吉の帰りを待って、皆で一緒に年越し蕎麦を食べるだけだ。

「おとっちゃんまだかな」

佐太郎がつぶやく。ついさっきまで寝ていたので元気いっぱいだ。

佐太郎の頭をなでながら、天音は壁際の衣桁《いこう》を眺めた。茜《あかね》色の地色に宝尽くし文様。それはそれは見事な着物だった。

これはこたびの天音のはたらきに対して、倉瀬からの感謝の贈り物であった。鳩笛を見つけたのはもとより、天音の機転に幾度も助けられたとのことだ。

昨日亀一郎が着物を届けてくれた。天音はびっくりして、こんな立派な物はもらえないと言ったのだが、亀一郎は承知しなかった。

それだけのはたらきをしたのだからもらっておけばよい。それに着物を持って帰ったらお波にどんなに叱られるかしれやしないと泣きごとめいたことを言うので、ありがたくいただいておくことにしたのだった。

お正月はこれを着て、倉瀬へ遊びに行く約束もした。皆が天音の晴れ着姿を見たがっているらしい。

彦兵衛はすっかり穏やかになり、お夕とお絹をたいそうかわいがっているそうだ。ほんとうにありがとうと礼を言って亀一郎は帰って行った。

「屋台で天ぷらを買ってきました。来年も親子ともどもよろしくお願いいたします」

「ただいま。遅くなりました」

「あっ！　おとっちゃん！」

佐太郎が佐吉に飛びつく。佐吉がよいにおいのする紙包みを差し出し頭を下げた。

がとうございました。俺と佐太郎の気持ちです。大変お世話になりあり

佐吉のおかげで、年越し蕎麦はとてもおいしい天ぷら蕎麦になった。「おめでとうございます」と言って皆で蕎麦をすする。

今年はほんとうにいろいろなことがあった。悲しいこと、つらいこと、そして楽しいこと……。

彦兵衛を見ていてわかった。亡くなった人は遺された人の心でずっと生きている。だから天音の親きょうだいも、皆、天音の心の中にいるのだ。

巴屋の子になれてほんとうに幸せだとしみじみ思う。新しい年も人への思いやりを忘れずに、胸を張り、まっすぐ前を向いて生きていこう。

あなごの天ぷらをほおばりながら、天音は誓った……。

○主な参考文献
『日本人なら知っておきたい　江戸の暮らしの春夏秋冬』歴史の謎を探る会編　河出書房新社
『絵でみる江戸の食ごよみ　江戸っ子の食と暮らし』永山久夫／文・絵　廣済堂出版
『絵でみる江戸の町とくらし図鑑　時代小説のお供に』善養寺ススム／文・絵　江戸人文研究会編　廣済堂出版

本書は文庫書下ろし作品です。

|著者| 三國青葉　神戸市出身、お茶の水女子大学大学院理学研究科修士課程修了。2012年「朝の容花《かおばな》」で第24回日本ファンタジーノベル大賞優秀賞を受賞。『かおばな憑依帖』と改題しデビュー。著書に『かおばな剣士妖夏伝　人の恋路を邪魔する怨霊』『忍びのかすていら』『学園ゴーストバスターズ』『心花堂手習ごよみ』『学園ゴーストバスターズ　夏のおもいで』『黒猫の夜におやすみ　神戸元町レンタルキャット事件帖』など。

損料屋《そんりょうや》見鬼《けんき》控《ひか》え　3
三國青葉《みくにあおば》

2021年12月15日第１刷発行

講談社文庫
定価はカバーに
表示してあります

KODANSHA

発行者――鈴木章一
発行所――株式会社　講談社
東京都文京区音羽2-12-21　〒112-8001
電話　出版（03）5395-3510
　　　販売（03）5395-5817
　　　業務（03）5395-3615
Printed in Japan

デザイン―菊地信義
本文データ制作―講談社デジタル製作
印刷―――豊国印刷株式会社
製本―――株式会社国宝社



ISBN978-4-06-526425-6

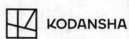

# 講談社文庫刊行の辞

二十一世紀の到来を目睫に望みながら、われわれはいま、人類史上かつて例を見ない巨大な転換期をむかえようとしている。

世界も、日本も、激動の予兆に対する期待とおののきを内に蔵して、未知の時代に歩み入ろうとしている。このときにあたり、創業の人野間清治の「ナショナル・エデュケイター」への志を現代に甦らせようと意図して、われわれはここに古今の文芸作品はいうまでもなく、ひろく人文・社会・自然の諸科学から東西の名著を網羅する、新しい綜合文庫の発刊を決意した。

激動の転換期はまた断絶の時代である。われわれは戦後二十五年間の出版文化のありかたへの深い反省をこめて、この断絶の時代にあえて人間的な持続を求めようとする。いたずらに浮薄な商業主義のあだ花を追い求めることなく、長期にわたって良書に生命をあたえようとつとめるところにしか、今後の出版文化の真の繁栄はあり得ないと信じるからである。

同時にわれわれはこの綜合文庫の刊行を通じて、人文・社会・自然の諸科学が、結局人間の学にほかならないことを立証しようと願っている。かつて知識とは、「汝自身を知る」ことにつきていた。現代社会の瑣末な情報の氾濫のなかから、力強い知識の源泉を掘り起し、技術文明のただなかに、生きた人間の姿を復活させること。それこそわれわれの切なる希求である。

われわれは権威に盲従せず、俗流に媚びることなく、渾然一体となって日本の「草の根」をかたちづくる若く新しい世代の人々に、心をこめてこの新しい綜合文庫をおくり届けたい。それは知識の泉であるとともに感受性のふるさとであり、もっとも有機的に組織され、社会に開かれた万人のための大学をめざしている。大方の支援と協力を衷心より切望してやまない。

一九七一年七月

野間省一